مقامات متن

مرضیه ستوده

نشر آسمانا، تورنتو، کانادا

١٤٠٢/٢٠٢٤

مقامات متن

نویسنده: مرضیه ستوده

ناشر: آسمانا، تورنتو، کانادا

طرح جلد: محمد قائمی

نقاشی: خسرو برهمندی

صفحه‌آرا: ایلیا اشرف

نوبت چاپ: اول، ۱٤۰۲/۲۰۲٤

شماره آی‌اس‌بی‌ان: ۹۷۸۱۷۳۸۲۸۵۵۰۱

مقامات متن

مرضیه ستوده

برای آرش عزیز،

مرغان هوایی را بازان خدایی را
از غیب به دست آرم بی‌صنعت و بی‌حیلت

خود از کف دست من مرغان عجب رویند
می از لب من جوشد در مستی آن حالت

مولوی

شخصیت‌ها و رویدادها در این رمان خیالی‌اند

از مشاهدات و دیگر متن‌ها و تجربه‌های زیسته...

با قدردانی از اکبر سردوزامی، برای راهنمایی و حمایت سالیان.

بعد از سال‌های سال... چند سال؟ یک سفرکرده که رفته و هنوز برنگشته نمی‌تواند روشن بگوید چند سال. بعد از بیست سال یا سی سال. زمان کش و قوسی‌ست چرخان ازهمین الان تا سی چهل سال پیش...
بعد از سال‌ها، هنوز وقتی این جا کنار بندر، اطراف اقامت‌گاه پناهندگان قدم می‌زنم آن روزها با همه دیوانگی‌هاش، تکان‌هاش و دلهره‌هاش با جزئیات دقیق یادم می‌آید. نسیمی که بوزد یاد بهرام و عشق و عاشقی‌هاش روی پوستم است و یاد مهدی و شرم زنده ماندنش، بغضی شکسته و اشکی سرازیر. اما حضور تابناک شهاب‌سنگ، همیشه با من است چه کنار بندر قدم بزنم یا شب‌ها در رختخواب که چشم به سقف دوخته‌ام، به خودم لبخند بزنم...

یک دهه بعد از میان‌سالی، اگر عاقبت به خیر شده باشی یعنی سقفی روی سرت و غم نان نداشته باشی و خلوتی و آرامشی، تازه وقتش است که وجدان سر بلند کند، آن وقت آدم می‌خواهد هی از خودش فرار کند. به کجا؟

اگر آدم فقط به خودش آسیب زده و به زندگیش گند زده باشد، با غرق شدن در متون کهن یا غرقه در موسیقی و نشست و خلوتی با رفیقی هم‌پیاله، شاید آسیب‌ها مرهم بگیرد.

اما اگر به دیگری آسیب زده باشی، ندای وجدان، غریو وجدان چنان است که روح را می‌درد...

وقتی برای زندگی بهتر، به زادگاه خودت پشت کنی یا از هول جنگ بگریزی و یا حتی تحت تعقیب و از ترس جان مجبور به فرار شوی، یک شکنندگی آهسته و پیوسته در اعماق دلت رشد می‌کند. حالت طبیعی زندگی از دست می‌رود و رفته‌رفته، آدم زور می‌زند تا زندگی کند. زندگی شکل عاریه به خود می‌گیرد. مثل یک دست دندان مصنوعی که همه ردیف و منظم و سفید، در دهان سالمند بدرخشد اما در خلوت که آن‌ها را درمی‌آورد می‌گذارد توی لیوان آب، حتی اگر جلوی آینه هم نباشد، با چهره‌ی ویران خود رو به روست.

مثل صدف دریایی که به گوش‌ات بگذاری و چشم‌هات را ببندی تا صدای امواج را از صدف دور افتاده از دریا بشنوی. اگر چشم‌هات را ببندی، اگر طاقت بیاوری تا دقیق‌تر بشنوی، امواج شکسته و آشوب درون صدف را می‌شنوی که ترجمان دلت است.

در یکی از سفرها، همسرم یکی از این صدف‌ها برایم سوغات آورده بود. بعد از جدایی و آوارگی از این خانه به آن خانه، صدف با آشوب درونش همیشه با من بود...
اوائل جنگ ایران و عراق، وقتی بمبی در نزدیکی خانه‌ی ما روی یک کودکستان افتاد، ما تصمیم گرفتیم مهاجرت کنیم. همسرم در فکر رشد و فعالیت تجاریش بود. اما من می‌ترسیدم. صدای آژیر قرمز و ضدهوایی که می‌آمد، قالب تهی می‌کردم. قبل از شروع جنگ و افتادن بمب هم من این حالت فرار را داشتم، فرار از ایران، فرار از دوست و آشنا و فرار از محیط اطرافم. پسرمان مسیح، کودکستان می‌رفت. الان که یادم می‌آد انگار از بچه‌ام هم فراری بودم. انگار فقط لازم بود، بچه لباس تنش باشد و شکمش سیر. بعدها هر چه فکر کردم یادم نیامد اصلا باهاش حرف زده باشم، قصه گفته باشم، لالایی خوانده باشم...

الان که یادم می‌آد انگار آن زن، آن مادر، آن مریم گیج و گول یکی دیگر بوده و حالا من که دارد یادم می‌آید یکی دیگر...
رابطه با همسرم، روز به روز سردتر و تیره‌تر می‌شد و گاه روزگارم سیاه بود.
اما از بختیاری من بود که در عمق ظلمات، آذرخش‌ها خانه‌روشنان‌ام کردند...

یکی از خوش اقبالی‌ها، درسـی که خواندم بود مددکار
اجتماعی که اول به خود آدم مدد می‌رسـاند و هنوز درس و
مشـق تمام نشـده در سـازمان بهزیستی تورنتو بخش اسکان
استخدام شدم. چند سالی از جنگ می‌گذشت. خانواده‌های
زیادی مهاجرت می‌کردند و پناه‌جویان و فراری‌ها از جنگ
روز به روز بیشتر می‌شـدند. و بی‌شمار جان به در بردگان،
بعد از کشتار و پرپر شدن جوان‌ها و نوجوان‌ها در زندان‌ها.
از کوه و کمر می‌آمدند، آش و لاش و وحشـت‌زده می‌آمدند.
از این کشـور به آن کشـور، بی‌زبان و بی‌پناه، مات و مبهوت
می‌آمدند. هم‌وطن‌ها را می‌دیدی گیج و پریشـان و آواره.
خیلی‌ها عزیز از دسـت داده، خانواده‌ها با بچه‌های کوچکِ
بهانه‌گیر.

۱٤

وقتی از سر کار برمی‌گشتم، هر چقدرهم خسته بودم یا هوا
سـرد بود و سـوز داشـت باید مدتی کنار آب قدم می‌زدم. از
بس فشـار روحی گریبان می‌گرفت، از بس آواره و جنگ‌زده
و بی‌خـانمـان می‌دیدم و دربه‌دری‌هـای خودم هم پس از
جدایی تشدید می‌شد.

این طرف دریا و کرانه‌های رنگین غروب که بی‌اعتنا به
آوارگی‌هـا عشـوه می‌فروخت. آن طرف بی‌شـمـار
آسـمان‌خراش‌ها اسـتوار و مهیب، فلک را شـکافته عرض
انـدام می‌کردنـد. در پیاده‌روهـای سـنگ‌فرش، بسـاط

بی‌خانمان‌ها و دائم‌الخمرها بود که در ایستگاه آخر زندگی،
مرغـان دریـایی مهمـان‌شـان بودند. چند قـدم این‌ورتر،
کلیسـاهای کهن با معماری چشـم‌گیر. چند قدم آن‌ورتر
عمارت‌های خوش‌ساخت و چشم‌نواز دانشگاه و کافه‌های
با حال دانشـجویی و شـور و حال جوانی که حتی یک نگاه
گذرا به آن‌ها، آدم را سـرحـال می‌آورد و رسـتوران‌های
آن‌چنانی با مشـتری‌های آن‌چنان‌تر، که همه مشغول شـغـل
شـریف تجارت و یا برج‌سازی، همه آینده ساز و موفق و یا
وارث ارث‌های کلان، اکثراً چشم آبی و پوست مرمریِ برنزه
شده، همه به شدت شیک و برازنده.

۱۵

چه گرمای سوزان چه سرمای زمهریر، کارگران اسفالت‌کار و
یا رفتگران همه رنگین پوسـت‌اند و چشـم سیاه، اگر هم
سـفید باشـند و چشـم آبی از اروپای شـرقی‌اند. از چهره‌ی
درهم فشـرده و پوسـت زمخت‌شـان پیداست. مدیران و
کارمندان کلاس بالا که در آسمان‌خراش‌ها کار می‌کنند اکثرا
پوست مرمری‌اند از نژاد انگلوساکسون. اما از حق نگذریم
نسبت به دیگر کشورها، نژادپرستی در کانادا وجود ندارد.
اگرهم پیش آید، طرف هر کی باشـد باید به طور رسـمی
عذرخواهی کند.

ولی تبعیض سازمان‌یافته در سیسـتم بود و در موقعیت
اجتماعی. به خصوص پناهنده، اسیر در سیستم بود. پناهنده

به زندگی وصل نبود به سیستم وصل بود. بعد از چندی، من در جلسه‌ها نزد رئیس رؤسا به قوانین مسخره و دست و پاگیر که مثل سیم خاردار دور پناه‌جو چنبر زده بود اعتراض می‌کردم. روند پذیرش پناهنده تا اقامت دائم، سه چهار سالی طول می‌کشید و سه چهار سال بعد وقتی پناه‌جو توانست کار کند و مالیات بدهد می‌توانست برای آوردن خانواده‌اش اقدام کند. و برای پیدا کردن هر کاری باید تجربه‌ی کاری کانادایی داشته باشد. من دادم در می‌آمد می‌گفتم این بابا وقتی تازه پاش رسیده این جا و دنبال کار است چطور تجربه‌ی کانادایی داشته باشد؟ افزون بر آن، هر پناهنده‌ای وقت استخدام باید سه آشنای شاغل و یک ضامن کانادایی هم معرفی می‌کرد. این‌ها همه سد راه و سیم خاردار بودند چون پناهنده باید راه می‌افتاد می‌رفت گدایی برای امضا و ضامن. و چون نمی‌توانست، مجبور می‌شد سیاه کار کند یعنی کار کشنده با حداقل دستمزد. پناه‌جوهای فراوانی دیدم که مهارت‌ها و تجربه‌ی کاری ارزشمندی داشتند اما باید در ساندویچ فروشی و پیتزایی ساعات طولانی جان می‌کندند.

در یکی از جلسه‌ها داشتم به رئیس رؤسا به اعتراض می‌گفتم که شما به پناهنده مثل یک پرونده و شماره نگاه می‌کنید نه مثل یک انسان، خب این بابا که در این مدت دق می‌کند از دوری خانواده‌اش. نگاه‌های سرد و این جمله که

توی هوا بود " این که مشـکل ما نیسـت" من را بی‌قرار می‌کرد، صـدام می‌لرزید، انگلیسـی‌ام پس می‌رفت تته پته می‌کردم. یک بار یادم است داشـتم به فارسـی فحش‌های آبـدار می‌دادم دلم خنک می‌شـد. خوبی کـانادا و دیگر کشورهای دموکراتیک این است که به شما اجازه می‌دهند هر چقدر دل‌تان می‌خواهد اعتراض بکنید و فضـای انتقاد ایجاد کنید.

من پیشـنهاد کردم به جای این که هی پناهنده را بفرسـتید مشـاوره تا قاطی نکند و شـرکت اجباری در کلاس‌های خودیاری تا خشـم‌اش را کنترل کند، خب بگذارید زن و بچه‌اش بیایند و یا از همان اول به او اجازه‌ی کار دهند تا مهندس صنایع مجبور نشـود در پیتزایی کار کند. در این چرخه‌ی معیوب، پناهنده نه راه پس داشت، نه راه پیش و از بی‌عدالتی و تبعیض در کشـوری متمدن، روح و روانش ویران می‌شـد. در نتیجه، مدیران سـازمان‌های بهزیسـتی، رئیس رؤسا و مشاورها کارشان سکه بود.

به طور کلی رئیس رؤسـا، انگار تربیت شـده بودند که اگر حتی یکی جلوشان جزغاله شود، هیچ واکنشی نشان ندهند بعد مثل آدم آهنی، آدم جزغاله را حواله دهند به سازمان‌های دیگر...

معمولا بعد از اعتراض‌های من، رئیس رؤسـا ختم جلسـه را اعلام می‌کردند. یک بـار کـه من در حالت تته پته بودم،

شهاب‌سنگ مثل شهاب وارد شد و با تسلط و محکم هر چه را که من می‌خواستم بگویم گفت. و گفت: شما و قوانین شما، درک عاطفی از انسان آسیب‌دیده ندارید. و فضایی ایجاد کرد که آن‌ها نتوانستند ختم جلسه اعلام کنند، مجبور شدند یادداشت بردارند تا در آینده‌ی نزدیک پاسخگو باشند.

من و شهاب‌سنگ، به سرعت نور جذب فضای یکدیگر شدیم. و انگار آشنایی دیرینه داشتیم.
شهاب‌سنگ یا تانتاکی تایوما، از اقوام نخستین کانادا، سرخ‌پوستی تحصیل‌کرده و خوش‌سیما بود. پیشانی بلند و دو بافه‌ی موهای جوگندمیش به او ابهتی خاص می‌بخشید. صدا و گفتاری آهنگین داشت و وقتی با کسی حرف می‌زد و چشم تو چشم می‌شد، طرف یادش می‌رفت چی می‌خواست بگوید.

۱۸

بخشی از اقامتگاه پناهندگان ایرانی در کنار اقامتگاه بومیان کانادایی بود. نسل ویران شده‌ی اقوام نخستین در کانادا. بی سر و سامان‌های الکلی. مردان جوان و میان‌سالی که دندان‌هایشان ریخته و شکسته بود و اندوه چهره‌شان را نمی‌شد تاب‌آورد. بازمانده‌ی نسلی که والدین‌شان در مدارس شبانه‌روزی کاتولیک انگلوها به دست پدران و خواهران مقدس، شکنجه‌ی سازمان یافته شدند تا دیگر سرخ‌پوست و وحشی نباشند. و کودکانی که زیر بهره‌کشی

جنسی کشیش‌های با جلال و جبروت، از هیبت انسانی خود
تهی شدند.

شـهاب‌سـنگ مثل شهاب می‌آمد و به تشخیص خودش
انتخاب می‌کرد، طرف را با حیله و چالاکی می‌ربود، می‌برد
به سـرزمین‌های خودشـان در دل طبیعت تا از نابودی در
چرخه‌ی معیوب سـازمان یافته، نجات یابند. این کار غیر
قانونی بود اما قانون از پس شهاب‌سنگ برنمی‌آمد چون هم
وکیل مدافع بود، هم شـمن. قدرت شـمن، در زیسـتن
هماهنگ و موزون با طبیعت و زندگی‌ست. استواری کوه در
وجودش است و وسعت اقیانوس در حضورش و گستره‌ی
آسمان در نگاهش...

هالونا یاکاما، یا درخت تناور همسـر شـهاب‌سـنگ در
وینی‌پگ، زادگاه و سـرزمین اقوام نخستین، اقامت‌گاه ترک
اعتیاد بومیان را اداره می‌کرد و با دو پسـر که به فرزندی
پذیرفته بودند، آن‌جا زندگی می‌کردند. شـهاب‌سـنگ گاه
این‌جا، گاه آن‌جا مثل شـهاب می‌آمد و می‌رفت و تا مدتی،
نور تابانش دل‌ها را روشن می‌کرد...

یکی از جـان‌به‌دربردگـان کشـتـار در زندان‌هـا، ژولیـده و
پریشـان، ذهناش ویران، من را جای خواهرش می‌گرفت با
گریه می‌آمد به طرفم، بغل وامی‌کرد می‌گفت محبوبه تویی؟
در نگاهش آتش زبانه می‌کشـید، نمی‌شـد مثل کانادایی‌ها

حرفه‌ای رفتار کرد و یک دستمال کاغذی به او تعارف کرد، من هم با او زار می‌زدم. دیگر هم‌کاران به کمک می‌آمدند ما را از هم جدا می‌کردند. در خوابگاه بند نمی‌شد، هر روز پیش ما در محل کارمان بود. یک بار آویزان شهاب‌سنگ شد، از او جدا نمی‌شد، عموجان عموجان می‌کرد می‌گفت کی از مسجد سلیمان آمده‌ای؟

محل کارمان یک سالن درندشت بود که یک پاراوان و میز تحریر، کارمندها را از هم جدا می‌کرد. من یک پوستر بزرگ از عکس‌های کسرائیان، زده بودم به پاراوان کنار میزم.عمارتی در یزد با بادگیرهای اخرایی رنگ که قلب آدم را حال می‌آورد. یکی از همکارهام که خودش عاشق وجب به وجب خاک وطن بود؛ صبح به صبح می‌آمد دستش را می‌گذاشت روی پوستر، زیر پلکان عمارت، می‌گفت: یادت نره، زیر این پله‌ها ریدن و روش یک عالم مگس جمع شده...

ما سخت دلتنگ بودیم، ما به این "یادت نره" احتیاج داشتیم چون جلای وطن، روح آدم را در ناخودآگاه به مهمیز می‌کشد.
دلتنگی‌ای که شب‌ها در خواب انکارش می‌کردم، گاه صبح زود در آسانسور گریبان می‌گرفت. در فضایی کوچک، در زمانی به کوتاهی یک آه... آمیخته‌ی بوی ادکلن‌ها، بویی دور آشنا گیجام می‌کرد، دلتنگی چنان می‌زد بالا که انگار بوی

۲۰

آشنا جسم داشت و آن را در آغوش می‌کشیدم. بوی بغل بابا؟ بوی برادر که از فرنگ می‌آمد و همه با هم بغلش می‌کردیم، بوی پسری که در نوجوانی یک بار با او چیک تو چیک رقصیده بودم؟ همین‌طور تلو می‌رفتم تا برسم سر کار...

روزهایی که شهاب‌سنگ می‌آمد، در سالن غذاخوری میزها را جمع می‌کرد یک گوشه، صندلی‌ها را دایره‌وار می‌چید، گله به گله شمع روشن می‌کرد. سرش پایین، آرام دعا یا سرودی را زمزمه می‌کرد و روی میز مثل طبل ریتمیک می‌کوبید تا کم‌کم صدایش، صدای آهنگین‌اش اوج می‌گرفت. بعضی از بومی‌ها اول می‌خندیدند بعد ساکت ساکت می‌شدند تا نرم نرمک می‌آمدند وسط، ناگهان با چرخش و پیچ و تاب‌های تند، پایکوبی می‌کردند و سرودشان را گاه با فریاد، گاه با نجوا می‌خواندند.

در این میان، برادر پریشان با ذهن ویران که کنار من نشسته بود، بلند می‌شد دست‌هایش در حالت التماس و دعا، با زاری و هق‌هق می‌گفت:

ممد جان... ممدجان از زیر چشم‌بند دیدم می‌بردنت، دیدم راست و محکم می‌رفتی ممدجان ممدجانم، تاب تاب خوردنت را بالای دار دیدم، گلوی کبودت را دیدم... ممدجان ممدجانم چرا امضا نکردی، من امضا کردم پس چرا به من گفتی امضا کن اگر خودت می‌خواستی نکنی.

ممدجان ممدجانم همانی که بهت قول دادم، اسم هیچ کس را نبردم حتی وقتی دو روز تو تاریکی از سقف آویزان بودم نگفتم که نگفتم. من فقط امضا کردم. ممد جان ممدجانم، ضجه زدم تا پیراهنت را به من دادند حالا هر چه می‌گردم پیداش نیست پیراهنت...

گاهی روزهای خوب هم داشتیم. پیش می‌آمد می‌گفتیم و می‌خندیدیم. اگر پناهجویی غربت‌زده و خجالتی بود، یکی از همکارها لوطی‌وار بهش می‌گفت "بچه‌ی کجایی" وقتی طرف می‌گفت مثلا طالقان یا برازجان، جوک‌ها و خاطره‌ها شروع می‌شد یکهو می‌دیدی پناهجوی غربت‌زده، دارد در ناهارخوری با کارمندها زرشک پلو می‌خورد.

من کارم را دوست داشتم. از تنهایی درآمده بودم و برای کمک به تازه واردها جولان می‌دادم. بودجه و امکاناتی که دولت می‌داد، در اختیار ما می‌گذاشتند. وقتی پناهنده و یا خانواده‌ای مشمول گرفتن آپارتمان می‌شد، بعد باید لوازم خانه و وسائل تهیه می‌کردیم. مثل جهازگیری با شادی و شور همراه بود. من سعی می‌کردم با زن خانواده، هماهنگ کنم مثلا سرویس غذاخوری و حوله را به دل‌خواه او جور کنم. با آن‌ها صمیمی و خودمانی می‌شدم و این اصلا حرفه‌ای نبود. خودم می‌فهمیدم زیاده روی بود اما حس خوبی داشتم، روی پا بند نبودم. گاه حالتی از شعف به من

دست می‌داد به طوری که می‌رفتم توی فکر. شاید این حالت جولان و شادی و شور، در مصاف با تحقیرشدگی‌های گذشته بود و یا پادزهری برای روبرو شدن با مسیح در خانه...

و غروب در راه خانه غصه‌ی عالم بر دلم آوار می‌شد. این جایش را نخوانده بودم که باید کاسه‌ی چه کنم دست بگیرم. مسیح نه با من حرف می‌زد، نه با من غذا می‌خورد، هیچی. بعد از طلاق، من را به کل بایکوت کرد. با این که اصلا بابایی هم نبود که بگوییم از دوری پدرش است. چون پدرش از اول، بیشتر وقت‌ها نبود یا مسافرت بود یا جلسه. مسیح خانه‌مان، اتاقش و زیرزمین را که مثل یک استودیو درست کرده بودیم دوست داشت. در زیرزمین یک ارگ برقی گذاشته بود، با دو سه تایی از دوست‌های دبیرستان جمع می‌شدند آهنگ می‌ساختند. مسیح ترانه می‌ساخت و می‌خواند، دوستش دامی‌یار ارگ می‌زد. چند باری با دامی‌یار توی کلاب هم‌ولایتی‌هاش برنامه اجرا کرده بودند.

بعدها که در به در شدیم، بارها با بغض یاد خانه‌مان می‌کرد چشم‌هاش دودو می‌زد، لب پایین‌اش را گاز می‌گرفت که گریه نکند بعد آهنگ‌هایی را که تو زیرزمین می‌زدند و می‌خواندند با سوت می‌زد، با صوتی محزون. دلم آتش می‌گرفت...

خانه‌ی ما در محله‌ای خوب و پر دار و درخت بود، درختان کهن‌سال که به محله تشخص می‌بخشند. من با خردک ذوقی که داشتم خوب درستش کرده بودم. هماهنگی رنگ‌ها و پرده‌ها و پنجره‌ای دل‌باز رو به خیابان فرعی. گلدان‌های سبز گرتی و شویدی این‌جا آن‌جا روح به خانه می‌دادند و پرده‌های کتان زرد و نارنجی کم‌رنگ، نوری چشم‌نواز می‌پراکندند. اما نه این که حالا یادم بیاید، همان وقت هم می‌فهمیدم یک چیزی باسمه‌ای بود، یک روح زیبای تصنعی مصنوعی. انگار این بساط چیده شده بود که فقط قشنگ باشد. بساطی که برای نمایش زندگی بود نه خود زندگی. در گذشته‌ها یادم است خانه‌هایی رفته بودم از فامیل و همسایه که مثل خانه‌ی ما قشنگ نبود، هماهنگی در و دیوار و پرده نبود اما خانه‌ی زندگی بود، اعضای خانواده در ارتباط بودند با هم. بعدها بعد فهمیدم که آن روح اصیل هماهنگ در خانه، ارتباط افراد خانواده با یکدیگر است.

دوران کودکی، خانه‌ی همسایه‌مان دو اتاق تو در تو بود، جلوش ایوانی با صفا و حیاطی نقلی. تورهای سفید کوچک سه گوشی که روی تاقچه و رادیو بود هنوز جلوی چشمم است. دور سفره که می‌نشستند با هم می‌گفتند و می‌خندیدند، برای هم لقمه می‌گرفتند. از مدرسه که می‌آمدند هر کدام از در می‌آمدند، مامان‌شان ماچ‌شان می‌کرد. در خانه‌ی ما کسی برای کسی لقمه نمی‌گرفت انگار همه با هم

قهر بودند. مامانم هیچ وقت ما را ماچ نمی‌کرد. یادم است دوست داشتم بیشتر آن جا بمانم و هی نگاه‌شان کنم. حسرت آن خانه، صفای آن سفره هنوز با من است...

ما با چندتایی از دوستان همسرم که در ایران هم دانشگاهی بودند رفت و آمد خانوادگی داشتیم، آن‌ها هم بچه‌های نوجوان داشتند مثل مسیح. این‌ها با هم دوست شده بودند. و در عید و جشن و مهمانی‌ها، پیک‌نیک‌ها و دورهمی‌ها جمع بزرگی را تشکیل می‌دادیم. بچه‌های ما غربت را حس نمی‌کردند.

بین خانواده‌ها، طلاق هنوز مثل قانونی نانوشته تابو و بی‌آبرویی بود. مسیح از دوستان خانوادگی و بچه‌هایشان خجالت می‌کشید و حالت شرمندگی داشت. زن‌ها به من غضب کردند و من و مسیح دیگر در دورهمی‌ها جایی نداشتیم. همسرم به زودی ازدواج کرد و بعد با همسر جدیدش با آن‌ها رفت و آمد داشتند. بعد از مدتی که بچه‌های آن‌ها با نمره‌های بالا دیپلم گرفتند که بعد بروند دانشگاه، مسیح دبیرستان را ول کرد و خوابید تو تخت...

دوستان دوران دانشگاه همسرم و زن‌هایشان، حالا همسرم را که تازه ازدواج کرده بود با زن جدیدش، پاگشا می‌کردند و آن‌ها مثل دو پرنده‌ی عاشق در مهمانی‌ها کنار هم شادان

و خندان بودند. خودشـــان عکس‌های دورهمی را می‌دادند مسیح بیاورد. گاه که تولد یکی بود یا جشن فارغ التحصیلی دیگری، مســـیح را هم دعوت می‌کردند، مســـیح می‌رفت و زود برمی‌گشـــت و بعد از مدتی دیگر دعوتش نکردند حتی جشن عید نوروز...

الان که یادم می‌آد، من اصـــلا دردی که مســـیح نوجوان را زمین‌گیر کرد و تنهایی هولناکی که بر او آوار شد، نمی‌دیدم. در واقع من اول او را بایکوت کرده بودم. این من بودم که از او فارغ شـــده بودم تا به احوالات خودم بپردازم. من پر از خشم و شور انتقام بودم. طلاق گرفتن انتقام بود از همسرم. طلاق مثل شکست بود برایش، مثل کنف شدن جلوی همه. شـــاگرد اول دانشـــگاه آریامهر، چون همیشـــه پیروز و موفق بود، شکست برایش فاجعه بود.
همســرم دو عیب خانمان برانداز داشت که مردم و دوستان هم‌دانشـــگاهیش نمی‌دیدند، قمارباز بود و خانم‌باز. و این که مردها به جز همســـرشـــان، با زن‌های دیگر هم رابطه دارند، چیز تازه و عجیبی نیســـت اما این که زنش یعنی من، آن رابطه و رابطه‌ها را بفهمد که طرف دوســـت و آشـــنا بوده و دروغ‌های ســـفرها و جلســـه‌ها هم رو شـــود، دیگر قابل ادامه نبود.

چه کج رفتاری ای چرخ... من هفده ساله بودم و او سخت خاطرخواه. پدرم مخالف بود. و او تهدید به خودکشی می‌کرد. و من میان تب و تاب بوسه‌های پنهانی و شهرآشوبی، گونه‌هایم گل می‌انداخت و قلب‌ام شکوفه می‌داد.

مدتی که با ترس و دلهره به طلاق فکر می‌کردم و همسرم برای طلب بخشش و دادن یک شانس دیگر برای ادامه‌ی زندگی گاه مرا به تردید وامی‌داشت، شب عیدی که من و مسیح تنها بودیم یادم می‌آمد، من حامله بودم. مسیح کوچک بود. تا مدت‌ها این تصویر مدام در سرم می‌چرخید بعدها دیگر تنگ بلوری در اتاق نبود، اما تصویرش شکسته شکسته، در شعاع لرزان خاطره، جلوی چشم‌هام بود. شکم‌ام هلال ماه بود. جنین چهارماهه بود. خون بود و درد بود. جاکن شدن تار و پود بود. و جنین بچه‌ی خیلی کوچکی بود که در میان خون، مثل ماهی که در تنگ می‌چرخد، دیگر نچرخد و روی آب بماند، از میان ران‌هایم سرید و غلتید و درجا من می‌خواستم بغلش کنم. خیلی کوچک بود برای بغل گرفتن. حسرت آن بغل گرفتن و وحشت از حوض‌چه‌ی خون زیر پایم و آن تنهایی هولناک. این تصویر برای این مدام در سرم می‌چرخید چون اگر از آدم خون برود و آدم تنها باشد، هرگز یادش نمی‌رود...

در محل کارم، نامه‌ای هشدار دهنده از رئیس رؤسا دریافت کردم که از کارم راضی بودند اما چون رفتارم حرفه‌ای نبوده باید در چند جلسه مشاوره و کلاس آموزشی شرکت می‌کردم. و مرا در بخش ترجمه، مفیدتر دیده بودند تا اسکان و جهازگیری برای پناهنده‌ها.

کلاس‌های آموزشی و مشاوره را همیشه دوست داشته‌ام چون مشاورها و استادها، اغلب اهل حال و نکته‌سنج‌اند کافی‌ست علامتی بدهی. یک روز وقتی مشاور که از لهجه‌اش داد می‌زد آلمانی‌ست، داشت سعی می‌کرد جمله و بحثی را درباره‌ی اندوه طاقت‌فرسا و رویارویی با آن بیان کند اما نمی‌توانست، من جمله‌ای از رستگاری در آستان مشاهده، از هرمان هسه گفتم که مشاور، ناگهان چشم‌هاش برق زد و در گفتگوها و گاه قهوه خوردن بعد از کلاس، جای معلم و شاگرد عوض می‌شد و نتیجه‌ی آن آموزش حرفه‌ای این شد که در آخر، خود مشاور هم رفتارش نزد رئیس رؤسا به اندازه‌ی کافی حرفه‌ای نبود. مشاور آلمانی، مثل خود هسه از آلمان و نژادپرستی فرار کرده بود. وقتی فهمید من آثار هسه را به تمامی خوانده‌ام، همه‌ی صورتش لبخند شد و در جلسه‌های بعد، مرا به هم‌کارهاش به عنوان هسه شناس معرفی کرد.
محیط‌های آکادمیک در کانادا، جذابیت و انعطاف سیالی دارند به طوری که امکان رشد برای همه هست چه سفید

چه سیاه، گر چه مدیران و پرزیدنت‌ها اکثراً چشم آبی و پوست مرمری‌اند.

از دیگر خوش اقبالی‌ها در زندگی‌ام، پیوستن به ذهن‌های درخشان و مأوا گرفتن در قلمرو ادبیات بود. از نوجوانی، تولستوی و چخوف برایم ستارگان تابناک بشریت بودند. در خلوت خودم کتاب‌هایشان را با احترام دست می‌گرفتم و گاه روی قلب‌ام می‌فشردم. وقتی جمله‌ای می‌خواندم که انگار حرف دل خودم هم بود به آن‌ها لبخند می‌زدم، انگار جلویم نشسته باشند.

در محیط خشک و بی‌مهر خانه‌ی ما که مادر در عین معصومیت مذهبی قشری، اما پدر اهل حال و با صفا بود و شب‌ها دمی به خمره می‌زد، قهرهای ادواری مادر، زندگی را بر ما زهر می‌کرد. در بی‌کرانگی آثار تولستوی، زهر زندگی گرفته می‌شد و در چشمه‌ی زلال و شفقت آثار چخوف، قهر و غضب مادر رنگ می‌باخت.

اما بدیش این بود که من گاه سرشار از زیبایی متن، پرپر می‌زدم با کسی از آن زیبایی حرف بزنم ولی کسی نبود بعدها در دبیرستان بودند بعضی که مجله‌ی فردوسی می‌خواندند و یا کتابی از نادر ابراهیمی. اما آن تب و تابی که در من می‌گذشت، هم‌صحبتی نمی‌یافت و من بی‌آن که خود بدانم رفته‌رفته در قلمرویی دیگر می‌زیستم. قلمرویی

که واقعیت پست را قبول نداشت و در ساز و کار صیقل دادن به زندگی و بازآفرینی واقعیت بود.

در کانادا هر ملیتی، انجمن‌های فرهنگی گوناگونی دارد. به طوری که هفتاد و دو ملت، هر کدام آداب و رسوم خودشان را اجرا می‌کنند و دولت هم بودجه‌ی خوبی برایش در نظر دارد. آدم باورش نمی‌شود همین کانادا که مردم بومی را تا همین چند دهه پیش زنده زنده زجرکش کردند، حالا این همه از آزادی و حمایت برای شناسایی اقوام و ملل دیگر برخوردار است. در واقع این نسل جدید کانادایی‌هاست که آمیخته و آغشته شده با دیگر ملیت‌ها، نه آن نسل اولیه‌ی چشم آبی و پوست مرمری.

در تورنتو انجمن‌های فرهنگی ایرانی هم تأسیس شده بود و در زمینه‌های مختلف، فعالیت داشت و در ایام نوروز و سیزده به‌در و شب یلدا، جشن و سخنرانی و سپس بزن و برقص بود.
روز سیزده به‌در، همین که آدم از خانه می‌آمد بیرون و چشم‌اش می‌افتاد روی کاپوت ماشین به یک سبزه‌ی خوشگل با یک روبان قرمز دورش، چه خاطره‌ها در آدم زنده می‌شد. خاطره‌هایی که خود اصل زندگی بود، بی‌هیچ کم و کاستی یعنی یک روز کامل و بی‌دغدغه در دل طبیعت که پس‌زمینه‌اش خاک وطن بود با سبزه‌زار و جویی روان. با

بروبچه‌های فامیل که می‌دانستیم والدین، کاری‌مان ندارند و چه زیبا و رها بودیم از هر حسادت و مسابقه‌ای که کی شاگرد اول است. این خاطره‌ها گرچه در یک لحظه از ذهن می‌گذرند ولی تا مدت‌ها در خاطر طنین‌اندازند.

اما بدیش این بود که روز سیزده به‌در در غربت، همیشه آبروریزی و پلیس کانادا گوزپیچ می‌شد. در تمام گردهم‌آیی فرهنگی ملل، پلیس حضور و وظیفه دارد که نظم و آسایش شرکت کنندگان لحاظ شود. و با این که در هر پارکی جای پارک ماشین فراوان بود ولی بدبختانه سر جای پارک دعوا می‌شد و در خیابان‌های فرعی و یک طرفه‌ی پارک، ترافیک و راه‌بندان می‌شد به طوری که پلیس‌ها گریه‌شان می‌گرفت.

اول که سیزده به‌در در کانادا، هنوز زمستان است و آدم سگ‌لرز می‌زند تا قری بدهد و آش‌رشته و کبابی بلمباند. و ابتر این که در دل طبیعت، حس زیبایی‌شناسی آدم آسیب می‌دید چون اغلب زن‌ها انگار در شب‌نشینی دعوت داشتند، آرایش‌های غلیظ، موها زرد و افشان یا چند طبقه، لباس‌های آل‌پلنگی و زرقی‌برقی. البته زن‌ها حق داشتند همچین همچون افشان کنند چون از آن خراب شده آمده بودند...

من خودم تا مدت‌ها جلوی شیشه‌های قدی می‌ایستادم، هی این‌طرف آن‌طرف هیکل خودم را دید می‌زدم و یا موهام را

دسته می‌کردم بالای سرم بعد رهاش می‌کردم، باد که می‌افتاد تو موهام کیف می‌کردم.
و تا مدت‌ها، قبل از این‌که از خانه بروم بیرون، دستم می‌رفت تو جالباسی دنبال روپوش روسری و از خیلی‌ها شنیده‌ام که کابوس می‌بینند که رفته‌اند ایران و در فرودگاه متوجه شده‌اند که روسری همراهشان نیست.

در انجمن‌های فرهنگی، اغلب بر و بچه‌های سیاسی دعوایشان می‌شد البته بیشترشان شاعر و نویسنده هم بودند. سبیل‌ها در هم می‌رفت و شاخ و شانه می‌کشیدند و یکدیگر را ابله و خائن می‌نامیدند. گاه خشن می‌شدند و من می‌ترسیدم می‌رفتم وسط را می‌گرفتم می‌گفتم بابا شما که از میشل فوکو بالاتر نیستید، او هم گول خورد. و زن‌ها هم با ترجیع‌بندی از جیغ‌های کوتاه و بلند می‌پریدند به هم. با این که همه آدم‌های خوب و شریفی بودند، همه سختی کشیده، اغلب زندان رفته، اما دعوا بالا می‌گرفت، جنگ مغلوبه و انجمن تعطیل می‌شد. تا تأسیس انجمنی دیگر...

در این میان یک انجمن ادبی و در کنارش کتاب‌خانه‌ی فارسی تأسیس شد که من از خوشحالی بال درآوردم و دلم می‌خواست مدام آن جا باشم خودم هم چند جلد کتاب هدیه دادم و این در آن در می‌زدم تا بیشتر کتاب تهیه کنم. دوستی هم زحمت کشید و فهرست و شناسنامه برای

کتاب‌ها تهیه کرد اما عیب‌اش این بود که کتاب‌ها یکی‌یکی غیب می‌شدند. کجای کار عیب داشت؟ قصد بلند کردن کتاب حتما نبوده، لابد فراموش می‌شده کتاب را برگردانند چون یک وقت در مهمانی خانه‌ی یکی، کتاب را در آشپزخانه می‌دیدی کنار سماور. یا در خانه‌ی دیگری زیر جالباسی. بعد از مدتی کتاب‌خانه از هم پاشید...

بعدهابعد که سیل مهاجران به کانادا روزافزون شد، انجمن‌های فرهنگی جورواجوری روز به روز تأسیس شد، طرفه آنکه در این انجمن‌های جدید، دعوا و بحث‌های داغ سیاسی در کار نبود بلکه همه‌ی این نهادهای فرهنگی و اداره کنندگان، بیشتر در فکر بیزینس و درآمد بودند به اسم فرهنگ البته. مثلا جشن‌های نوروزی و کلاس‌های آموزشی، تبدیل به دکان‌های دو نبش کاسبی شدند که کار و کاسبی‌شان همه سکه بود. راستش من بروبچه‌های سیاسی را به کاسب‌کاران فرهنگیِ فرهیخته‌نما ترجیح می‌دادم چون آن‌ها آمال و رویایی صادق داشتند...

وقتی بر و بچه‌های سیاسی دعوایشان می‌شد، من هر چه گوش می‌کردم نمی‌فهمیدم چه‌شان است. اغلب همه‌شان یک چیزی می‌گفتند و می‌خواستند، پس چرا به هم شاخ و شانه می‌کشیدند. بعضی‌ها را می‌شناختم آدم‌های نازنینی بودند اما پرخاش‌گر و عاصی بودند.

بعدها در گشت و گذار و سیر و سلوک با شهاب‌سنگ که می‌گفتم چه و چه‌ها، او می‌گفت مثل جوان‌های ما همه پرخاش‌گر و عاصی. می‌گفت وقتی در یک بازه‌ی زمانی کوتاه فشار بیش از حد باشد، پرخاش‌گری و ناهنجاری می‌شود طبیعت دوم آدم، بی سروسامانی هم تشدیدش می‌کند مثل ما که از سرزمین خود رانده، از خانه و کاشانه‌ی خود کنده و بی‌ریشه شدیم. شدت ویرانی این پرتاب نامنتظر، بیش از حد ظرفیت آدمی‌ست...

تا همین چند دهه پیش تا سال نود میلادی، پلیس کانادا، مثل گشتاپو بچه‌های بومی را با ارعاب و خشونت از خانواده جدا می‌کرد می‌برد به مدرسه‌ی شبانه‌روزی کاتولیک. اگر پدر یا مادر کودک ربوده شده اعتراض می‌کرد و یا واکنش نشان می‌داد، زندانش می‌کردند.
در مدرسه، بچه را جلوی دیگران برهنه می‌کردند تا شستشو و ضدعفونی شود. موهایش را که تا آن وقت کوتاه نشده بود با خشونت می‌چیدند. در روایت‌ها هست، بچه‌هایی که مقاومت می‌کردند تا انگلیسی حرف نزنند و به زبان خودشان حرف بزنند، لب‌هایشان را می‌دوختند. البته در سال نود و شش میلادی این فجایع پایان گرفت و نخست وزیر وقت کانادا، در مجلس از اقوام نخستین عذرخواهی

مبسوطی کرد. و مزایایی هم برای بومی‌ها در نظر گرفته شد.
مثل بیمه‌های ممتاز و عدم پرداخت مالیات.

بعد از آشنایی با شهاب‌سنگ، بارها رفتم کتاب‌خانه تا
درباره‌ی اقوام نخستین بیشتر بدانم. در کمال ناباوری، هیچ
مطلب و یا گزارشی از فجایع و شکنجه‌های سازمان یافته
در مدارس کاتولیک نیافتم. بازتاب رسانه‌های امریکای
شمالی و گزارش‌ها از تحقیقات میدانی درباره‌ی وضعیت
اسفناک بومی‌ها این بود که این‌ها خودشان گرایش به
خشونت و تمایل به اعتیاد دارند. مثل فیلم‌های وسترن
امریکایی که به جز عالیجناب جان فورد و یکی دو کارگردان
با وجدان، سینما به دنیا نشان داد و در ناخودآگاه مردم
چپاند که سرخ‌پوست‌ها وحشی و خون‌ریزند. و تاریخ را
طوری نوشته‌اند که سفیدها به سرزمین بومی‌ها تجاوز
نکرده‌اند بلکه بومی‌ها خودشان دو دستی، زمین‌هایشان را
معامله کرده‌اند تا مشروب و پول دریافت کنند.
چند رمان هم خواندم از نویسندگان مثلا مدرن بومی که
مراکز فرهنگی ادبی کانادایی به آن‌ها جایزه داده بود و
معروف‌شان کرده بودند. شخصیت‌های رمان‌ها همه معتاد
و ویران بودند و از والدین‌شان کتک می‌خوردند. اما پس از
شرکت در جلسه‌های خودیاری و در کنار مشاورهای
کانادایی، شفا یافته بودند، دانشگاه می‌رفتند و هاکی بازی
می‌کردند...

بعد از چندی، گورهای دسته جمعی کودکان بومی که در اثر کتک و شـکنجه، سـرمای سـیاه‌چال و یا در حال فرار جان باخته بودند، در اطراف مدرسه‌ها نمایان شد. کنشگرانی مثل شـهاب‌سـنگ با خانواده‌ها دیدار کردند و روایت‌ها ثبت و منتشر شـد. و باز نخست وزیر وقت، با چشمان اشک‌آلود طلب بخشـش کرد و گفت این دوره‌ی تاریک تاریخ کشـور ماست.

چه فجایع و ستم بی‌پایانی‌ست در گورهای دسـته جمعی. بازماندگان تا زنده‌اند، به دنبال بویی و نشـانی از عزیز گم‌گشته‌ی خود زیر خروارها خاک سرد، جان و تن به خاک می‌فرسـایند. مثل دشـت خاوران. و مادران خاوران که هر مادر، تکه‌ای از خاک را گور فرزندش فرض می‌کند. عکس نوجوانش را که هنوز پشت لبش کرک بود یا عکس دخترکش که شـانزده سـاله نشـده بود می‌گذارد به خاک، دورش را گل‌باران می‌کند، گلاب می‌پاشـد و گل پرپر می‌کند. و چه ضجه‌ها که به آسمان رفت...

من از تنهـایی درآمده و دوسـتان تازه پیدا کرده بودم. در انجمن‌های ادبی، شب‌های شعر و شاعری برگزار می‌شد و من با شـعف، باز جولان می‌دادم. چون همسـرم و دوسـتان دوران دانشـگاه، همه مهندس بودند و زن‌هایشـان، هم در

۳٦

خانه شلاقی کار می‌کردند هم در بیرون، اهل ادبیات نبودند. من حالا خوشم بود که هم‌صحبت پیدا کرده بودم. از خودم رضایت خاطر داشتم که بعد از جدایی، زندگی‌ای که خودم دوست دارم و لذت می‌برم انتخاب کرده‌ام. در این برنامه‌ها منتقد و نویسنده و شاعر، شعر می‌خواندند و سخنرانی می‌کردند اما بدیش این بود که آن‌ها و دوستانی که در این جلسه‌های ادبی بودند، تولستوی و چخوف را ستاره‌های تابناک بشریت نمی‌دانستند. من از حرف‌ها و رفتارشان می‌فهمیدم. هی فرم و محتوا را از هم جدا و سر و ته می‌کردند بعد با هم قاطی می‌کردند. بعد به هم گیر می‌دادند یا همدیگر را خیط می‌کردند. وقتی یکی خیط و ضایع می‌شد، من حالم بد می‌شد و مات می‌ماندم که این‌ها چطور با بی‌رحمی یکدیگر را تحقیر می‌کردند. وقتی سخنران می‌گفت داستان‌های چخوف پیرنگ ندارد، من دلم می‌شکست. هر چه دقیق گوش می‌دادم می‌دیدم سخنران که قرار بود نقد و بررسی کند و از زیبایی‌شناسی اثر حرف بزند، داشت از زیبایی خودش حرف می‌زد، هی خودش را مطرح می‌کرد. آهان... پس این‌ها اصلا اصل چخوف را نخوانده بودند؟ آینه‌داری آن بزرگ مرد کوچک را ندیده بودند؟

در این جلسه‌های ادب و هنر، عده‌ای پای ثابت بودند و چندی هم به جمع می‌پیوستند. اغلب با هم گپ می‌زدیم و

خوش‌وبش می‌کردیم و حتی در سرمای وحشتناک می‌رفتیم بیرون سیگار می‌کشیدیم و حال و احوال می‌کردیم و چقدر با هم سیگار کشیدن می‌چسبید.

بعضی با این که پای ثابت بودند اما قیافه می‌گرفتند و خودشان را از جمع جدا می‌کردند، اخم می‌کردند همراه با فیس و افاده و انگار آن جمع را قابل نمی‌دانستند یا مثلا نگاه‌های فکور می‌کردند. من هیچ وقت نتوانسته‌ام به رفتار آدم‌ها بخندم اما از این‌ها بی‌اختیار خنده‌ام می‌گرفت.

شب‌ها که می‌خوابیدم قبل از خواب، می‌فهمیدم که خورده تو ذوق‌ام. می‌فهمیدم شرکت کنندگان در جلسه‌های ادبی، اهل ادبیات نیستند همه علاف‌اند و این نشست‌ها برای خودنمایی و تظاهر به ادبیات دوستی‌ست اما خیلی زود این درک و حس را می‌انداختم پس کله‌ام، نمی‌خواستم جلوی خودم کنف شده باشم. مثل مادام بواری، آرزوهام را با واقعیت اشتباه می‌گرفتم. باز مثل مشنگ‌ها برای جلسه‌های بعدی، سر از پا نمی‌شناختم. تازه بعد از جلسه هم همدیگر را ول نمی‌کردیم، جمع می‌شدیم توی کافه‌ای یا خانه‌ی یکی، باز همان دری وری‌ها، هی فرم و محتوا، هی مدرن و پست مدرن، فرت فرت سیگار می‌کشیدیم، آی ور می‌زدیم تا نصف شب، خسته هم نمی‌شدیم.

شــرکت کنندگان در آن جلســه‌ها که من هم پای ثابت بودم،
در میان جامعه‌ی ایرانیان تورنتو، جریان‌ساز و تابو شــکن
بودنــد. چنان کــه در بســتر خروشــان آزادی، طلاق را
عادی‌ســازی کردیم و مدرن‌ترها در روند کشــف فردیت،
دوست‌پســر و دوست‌دختر هم را با یکدیگر عوض بدل
می‌کردند و ضربدری می‌پریدند روی کول همدیگر و در این
میان، شعرهای بسی پسامدرن سروده شد. و در این میان‌تر،
بچه‌هامان چشم‌هاشان قیقاج پیچ برداشت.

من تعادلم را از دســت داده بودم چون دیگر نمی‌توانســتم
کتاب بخوانم، پیوستگی‌ام از ذهن‌های درخشان گسست...
هر روز سر کار، رسام کشیده می‌شد و شب‌ها، ولگردی و
بحث‌های داغ ادبی. اما سیستم دفاعی روح و روانم، من را
پرتاب کرد روی دیوان شــمس که هر شــب در گهواره‌ی
میزان، برایم لالا بخواند:
نگارا مردگان از جان چه دانند...

روزهایی که آسمان صاف، آفتاب درخشان و هوا خوش
بود، شــادی بی‌سبب در رگ‌ها می‌دوید. عصری که بچه‌های
دبیرســتانی را می‌دیدم کوله به پشــت، با هم می‌گفتند و
می‌خندیدند، قلبم فشرده می‌شد، می‌دانستم مسیح خوابیده
تو تخت. تازگی‌ها ورق ورق ســیاه می‌کرد ریزریز فرمول
احتمالات می‌نوشــت، گاه با یکی دو نفر تلفنی حرف می‌زد

درباره‌ی سیستمی که می‌توانند کازینو را شکست دهند.
چون نمی‌توانست کار کند. یکی دو جا که کار کرده بود به
علت اضطراب دائم و عدم تمرکز، مؤدبانه بیرونش کرده
بودند. حالا این راه را پیدا کرده بود که اگر فرمولش بگیرد،
پول از سر و کولش بالا رود تا به پدر و زن‌پدرش حساب
پس ندهد. پول که نداشت قمار کند، سیستم می‌ساخت و با
اندک پول توجیبی، سیستم‌اش را امتحان می‌کرد. رفته‌رفته
مسیح از تخت‌خواب درآمد وساکن کازینو شد.

نمی‌شد تو اتاقش راه رفت، وقتی ورق‌های فرمول‌های
نوشته‌اش را جمع می‌کردم کیسه زباله پر می‌شد. چشم‌هاش
دیگر حالت نداشت، مات و مبهوت نگاهم می‌کرد انگار من
غریبه‌ام. از شور جوانی و جلوه‌های زندگی قطع شده بود و
شکست‌ناپذیر فرمول‌های جدید کشف می‌کرد. من وحشت
کرده بودم. گاه ورق‌هایی را که ریزریز از فرمول سیاه کرده
بود می‌گذاشتم به چشم‌هام، می‌فشردم به قلبم. مادر
جوانی‌ات کجا سوخت...

اما شدت وحشت را می‌انداختم پس کله‌ام، به دلم بد
نمی‌آوردم به خودم می‌گفتم خسته که شد ول می‌کند. هر
وقت خانه بود، هر وقت می‌دیدمش، التماسش می‌کردم
برای اضطراب و دلهره‌اش برود دکتر، نمی‌رفت.
فقط وقتی دبیرستان را ول کرد بعد از گریه زاری‌های من،
راضی شد برود پیش روان‌پزشک.

از قضـــا از دکتر خوشـــش آمد و چند ماهی رفت تا بعد که افتاد به فرمول نوشـــتن. بعد که من دیدم مسـیح دیگر دکتر نمی‌رود، خودم رفتم پیش همان دکتر. چنان که قانون است دکتر از مریضش که مسیح بود با من هیچ سخن نگفت فقط یک جمله‌ی خیلی خیلی کوتاه گفت:

Damage is done.

من نمی‌توانم این جمله‌ی خیلی کوتاه را به فارسـی بگویم یا بنویســم. یک مادر نمی‌تواند این جمله‌ی کوتاه را... این جمله‌ی کوتاه، در ذهن و روان من طنین بلند طاقت‌فرسـایی دارد انگار اگر به فارسـی بگویم نفس‌ام بند می‌آید و خون سرفه می‌کنم...

٤١

گاهی که با مترو از ســر کار برمی‌گشـتم، دلم می‌خواسـت دنبال زن سـیاه پوسـتی بروم که روبرویم نشـسـته بود، بروم خانه‌اش. زن از خسـتگی، عضـله‌ها و خطوط چهره‌اش ویران، نگاهش مات، انگار زیر مشـت و لگد بوده. دورش پر از کیسه‌های خرید میوه و سبزی و چیپس و ماست بود. یکهو دلم می‌خواسـت بلند شـوم بغلش کنم، ماچش کنم. برویم بـا هم خانه‌اش تا وقتی تندتند خوراکی‌هـا را از تو کیسـه درمی‌آورد و بچه‌هاش دورش جمع شده‌اند، نگاهش کنم.

زن‌های رنگین پوســـت، غروب که برمی‌گردند خانه، اغلب چهره‌شان ویران و نگاه‌شان مات است. بعضی کارشان را چهار صبح که کافه‌ها باز می‌شوند شروع می‌کنند و درست که حق و حقوق و بیمه‌شان، راست و ریس است اما از هر زن، به اندازه‌ی سه کارگر کار می‌کشند.

ولی خوبیش این اســـت کـه بچـه‌های همین‌هـا، همین زحمت‌کشان، سر از دانشگاه درمی‌آورند و پست و مقام‌های شایسته نصیب‌شان می‌شود.

در همین مترو، بغل همان زن سیاه پوست، دیده می‌شود زن چشم آبیِ پوست مرمری، نه صورتش ویران است نه کیسه‌ی خرید بهش آویزان اســـت. همه‌چیزش مارک دار و جنس اعلاست، هماهنگی کیف و کفش و کلاه چشم‌گیر است و آدم دلش می‌خواهد به پالتو و شـال کشمیرش دست بکشد. خطوط چهره‌اش چنان اسـتوار اسـت که آدم را رم می‌دهد و نگاهش تهی و خیره به دور، مبادا که چشـــم‌اش بیفتد به چشم ما. خوبی کشور کانادا این است که این‌ها در مترو کنار یکدیگر می‌نشـینند بدون هیچ حب و بغضـی. بعد زن سـیاه پوسـت، کیسـه‌های خریدش را باید هن بکشـد تا خانه ولی زن پوسـت مرمری از مترو که پیاده شـد می‌رود در پارکینگ مخصوص، سوار ماشین آخرین مدلش می‌شود تا به خانه و باغ و بستانش برسد. این رفتار مسالمت‌آمیز بین مردم از هر طبقه و نژادی در این کشور، تحسین‌برانگیز است.

انجمن‌های فرهنگی چند ملیتی، گاه فیلم ایرانی نمایش
می‌دادند، انگار تکه‌ای از وطن از پس قاره‌ها می‌آمد تا ما آن
را در آغوش بگیریم. فیلم فراموش نشـدنی "باشـو غریبه
کوچک" را وقتی دیدم، کله‌پا شـدم. آدم وقتی از دلتنگی و یا
اندوهی سنگین شکننده‌ست، طاقت زیبایی سرشار ندارد.
من رمیده دل آن به که‌...

آن صـحنه که باشـو با دل‌خوری قهر کرده، شب شـده باد و
بوران شدید است، باشو نیامده خانه، ناهی خود را پوشانده،
سراسیمه در سیاهی شب این‌طرف آن‌طرف به جستجوست،
باران سیل‌آسا می‌شود، ناهی با بغض بلندتر باشو را صـدا
می‌زند، به همه جا سـر می‌کشـد تا در انباری که پوشـیده از
پوشـال اسـت، باشـو را می‌بیند کز کرده درون خود. ناهی
سرش فریاد می‌زند: "مگر تو خانه نداری خانه‌خراب"
انگار این فیلم آمده بود تا به بچه‌های در به در ما بگوید،
مگر تو خانه نداری خانه‌خراب...

باشـو غریبه‌ی کوچک، کودکی جنگ‌زده از جنوب اسـت.
زبانش را نمی‌فهمند و باشو زبان بچه‌های شـمال را
نمی‌فهمد. گاه مسـخره‌اش می‌کنند، فقط حمایت‌های
مادرانه‌ی ناهی پشتیبان اوست. در کشمکشی از قهر و آشتی
با بچه‌ها، کتاب مدرسـه از دسـت یکی می‌افتد زمین. باشـو
کتاب را برمی‌دارد، می‌تواند بخواند، بلند می‌خواند. وقتی
می‌تواند بخواند و بفهمد، با اشـک شـوق می‌خواند: ایران

سرزمین ماست. ما از یک آب و خاک هستیم. ما فرزندان ایران...
اشک شوق در این صحنه، عاطفه‌ای آگاهی‌بخش و نجات‌دهنده در ناخودآگاه جمعی ماست. این که زبان مشترک ملی، بچه‌های شمال را به غریبه‌ای از جنوب وصل می‌کند و باشو دیگر غریبه نیست. این که زبان مشترک، ارتباط و موهبت دوستی برقرار می‌کند...

اوائل پاییز، در جشنواره‌ی فیلم تورنتو باز فیلم "باشو" آمد در سینما. من که هنوز تشنه‌ی دیدن فیلم بودم، در صف تهیه بلیط منتظر ایستاده بودم که بهرام را دیدم. خودش می‌گوید او اول مرا دیده. به هر حال من او را نمی‌شناختم و در انجمن‌ها و نشست‌های ادبی ندیده بودمش. اما تا چشمم بهش افتاد، درجا می‌خواستم بغلش کنم. او هم چشم از من برنمی‌داشت. حالتی از تعجب و خوشی که از درک آن عاجز بودیم ما را غافل‌گیر کرده بود. یک‌تیغ مشکی پوشیده بود. بعدها فهمیدم از مجلس بزرگ‌داشت سیاوش کسرایی آمده بود که چندی پیش درگذشته بود.
مشکی چه بهش می‌آمد. خوش‌اندام ، جذاب و گرم و گیرا بود حضورش. در سکوت رفتیم و کنار هم نشستیم. وقتی کمی دولا شدیم تا بنشینیم، سرهایمان به هم نزدیک شد، نفس‌اش بوی نیکوتین آمیخته به مشروبی ملایم می‌داد. من داشتم سیگار ترک می‌کردم، های نفس‌اش رخوتی مطبوع و

گیج کننده در من تولید می‌کرد. سالن که تاریک شد، بازوی خوش‌ترکیب‌اش را آرام آرام چسباند به بازوی من. گرمایی هوش‌ربا به من سرایت می‌کرد. منتظر بودیم فیلم تمام شود، سریع از سینما زدیم بیرون. رفتیم پارک جنگلی. هوا یار بود. بوی خوش گل و گیاه پراکنده و مست کننده، در سکوت می‌رفتیم، شانه به شانه، دست مرا می‌گرفت و رها می‌کرد لرزشی در انگشتانش بود یا در انگشتان من بود. داشت غروب می‌شد. رفتیم در کافه‌ای نشستیم. من دلم می‌خواست از فیلم حرف بزنم اما نمی‌توانستم ذهنم را متمرکز کنم. در نگاه گرم و شرر بار بهرام، ذوب شده بودم. بی‌اختیار ساعتم را نگاه کردم، او رفت جایی تلفن کرد و زود برگشت. بعد بی‌مقدمه صورتش را آورد جلو گفت: تو امشب نمی‌ری خونه... بعد رفتیم میخانه.

ما تا صبح که سپیده زد تو خیابان‌ها گشت زدیم نمی‌توانستیم از هم جدا شویم. گیجی، بی‌خوابی، خستگی و آن حس درماندگی بر ما غلبه کرده بود. نم بارانی زد. آن طرف خیابان ساختمان شهرداری بود طاقی و اتاقکی پشت ساختمان بود، مثل توی فیلم‌ها در آغوش هم بودیم تا آفتاب طلوع کرد.

بهرام این‌طور که خودش گفت تاریخ هنر خوانده بود و حالا داشت در بخش ادبیات تطبیقی و نمایش‌های سنتی ایران، پایان‌نامه‌ی دکترایش را می‌نوشت.

گفت دارد از همسرش جدا می‌شود و یک دختر مدرسه‌ای دارد. بعدها گفت که از ازدواج اولش در ایران هم یک دختر نوجوان دارد. حالا نگفت جدا شده. گفت دارد جدا می‌شود ولی من تمام وجودم فریاد می‌زد که جدا شده و قبل از این که بهرام بگوید که زن‌هایش درکش نمی‌کردند، تحقیرش می‌کردند و مدام اختلاف داشته‌اند، من خودم حق را به بهرام داده بودم.

شب‌ها قبل از خواب، این واقعیت را که بهرام هنوز از همسرش جدا نشده و آن دخترک که بهرام بابایش است، نمی‌توانستم راحت بیندازم پس کله‌ام. اما روز بعد عصری که در محل کارم منتظرم ایستاده بود، تا های نفس‌اش بهم می‌خورد و چشمم می‌افتاد به سبیل خوش‌ترکیب‌اش پشت آن لبخند محزون دکتر ژیواگویی، واقعیت‌ها رنگ می‌باختند.

فریبندگی‌های زندگی گاه خیلی پیش پا افتادست، آدم‌های رویایی و شکننده را به راحتی فریب می‌دهد اما بعد از آگاهی از فریب‌خوردگی، رنج آگاهی و اندوهش پیش پا افتاده نیست.

یک ماه نشده بود بعد از آشنایی‌مان، بهرام از خانه‌اش آمد بیرون و در آپارتمان‌های دانشگاه که یک وجب جا بود جا گرفت. ما مدام با هم بودیم. و من دیگر نمی‌توانستم سر

کار آن‌طور با انرژی، آن‌طور که از خودم مایه می‌گذاشتـم دنبال کار پناهنده‌ها باشم، فقط انجام وظیفه می‌کردم. مسیح را خیلی کم می‌دیـدم. از خودم، از بچـه‌ام، از کتـاب‌هـام فرسنگ‌ها دور شده بودم.

امـا تن و بـدنـام زنـدگی تـازه‌ای را تجربـه می‌کرد. من کـه عشق‌بازی با همسرم به خاک بر سری بدل شده بود، حالا لذت کام‌روایی را می‌چشیدم. تن و جانم شاداب شده بود و چشـم‌هام برق می‌زد. نفسـ‌ام که انگار سـالیان سـال گره خورده بود، از اعماق جانم برمی‌آمد و مرا لبریز از لرزشـی آمیخته با طرب می‌کرد.

و چه دنیایی‌ست سیاه‌مستی... بختک اندوهی سنگین که همیشه روی سینه‌ام آوار بود، برداشته شده بود سبک و رها مثل پروانه با بی‌پروایی، تسـلیم لحظات خوش ناپایدار بودم.

من همیشــه تنها می‌رفتم این‌ور آن‌ور، حتی قبل از طلاق. همسرم اغلب مسافرت بود یا جلسه. مسیح هم تا می‌آمدم بهش بگویم می‌آی، می‌گفت نه. من عادت کرده بودم خودم بروم سینما، رستوران، تئاتر، کنسرت یا هر کجا. اذیت هم نمی‌شـدم چون همیشـه در خیال با یکی بودم و چه کیفی هم داشــت آدم با هولدن و یا با فرانی و زویی باشــد، آن‌ها واقعی‌تر از مردم اطرافم بودند. اما مردم با مکث و حالتی از

دل‌سوزی نگاهم می‌کردند بخصوص در رستوران، با این که در کانادا نکوهیده‌ست کسی که غیر معمول است نگاهش کنند.

حالا با بهرام که می‌رفتیم رستوران یا کنار خیابان ساندویچ و پیتزا گاز می‌زدیم و یا تئاتر و کنسرت می‌رفتیم، راستش توی دلم ذوق می‌کردم و یک کیف دیگری داشت. یک حالتی‌اش را خیلی دوست داشتم، یکهو وسط شلوغی طوری نگاهم می‌کرد که انگار همین الان عاشقم شده. نگاهش، گرمای وجودش، آدم را از زمین جا کن می‌کرد...

من و بهرام همه جا با هم بودیم. در نشست‌های ادبی، دیدم که قدیمی‌ترها او را می‌شناسند، همه با گرمی و خوش‌رویی بهش خوش‌آمد می‌گفتند. او هم آن‌ها را می‌شناخت. با هر که سلام علیک می‌کردیم، طرف را با گرمی و صمیمیت بغل می‌کرد. وقتی طرف دور می‌شد، در گوش من می‌گفت: این کره خر. به همه می‌گفت کره خر. من اول فکر کردم خب شاید بامزه‌ست و دارد شوخی می‌کند اما رفته‌رفته مرا شیرفهم کرد که همه کره خرند جز خودش. بیشتر وقت‌ها فقط حرف می‌زد که مخالفت کند انگار برای سلامتی‌اش لازم داشت و حتما می‌خواست در بحث برنده شود. در گفتگوها یا زیر لبی مسخره می‌کرد یا ناگهان صداش را می‌انداخت سرش و با لحنی خشن و بی‌تربیت حرف می‌زد طوری که همه ساکت می‌شدند و گوش می‌کردند. بعضی

سعی می‌کردند نظر خودشـان را بگویند ولی او توی حرف
طرف می‌پرید و امان نمی‌داد. وقتی چند بار تکرار شـد، من
از خودم می‌پرسیدم چرا یعنی چون داشت دکترا می‌گرفت و
هی اسـم سوسـور و دریدا و آدرنو ردیف می‌کرد؟ یا چون
جذاب و دوسـت داشتنی و بامزه بود؟ البته این‌هایی که در
نشست‌های ادبی حضور داشتند، اکثراً پایه‌ی دکترا بودند و
یا در حال خلق یک اثر هنری...
و ابتر آن که هیچ‌کدام، از آن متن‌هایی که من خوانده بودم و
با شـیفتگی بازخوانی می‌کردم، حرف نمی‌زدند. هیچ کس از
افکار و اعترافات ژان ژاک رسـو و یا از شـخصیت ورتر،
آندره و ناتاشا و آلیوشا سخن نمی‌گفت. فقط یک بار یک
سـخنران قرار بود از شاهزاده میشکین حرف بزند، اما هی
خودش را مطرح کرد، چنان دهانش از خودشـیفتگی کف
کرده بود که شاهزاده میشکین، زیر بار لنترانی که من اولین
کسی بودم که همچین... محو شد.

کیفیت اندیشه‌ی بزرگانی که روح من را سیراب کرده بودند
همه ناب و بی‌آلایش بودند، من با چشـم باز همه‌ی این
حقارت‌ها و بی‌عزتی‌ها را می‌انداختم پس کله‌ام انگار هیچ
اراده و شـعوری نداشـتم، اما با دقت و تنظیم وقت،
کتاب‌هایم برگشتند به دامانم. ولی بدیش این بود که وقتی از
متنی سرشار و هیجان‌زده می‌شدم، بی‌اختیار با بهرام حرف
می‌زدم بعد دعوایمان می‌شـد. داشـتم پروسـت را بازخوانی

می‌کردم آن بخش بیسکوئیت مادلن را گفتم: استعاره‌ی زندگی‌ست اما خود زندگی طرح اولیه‌اش را ریخته. بهرام از آن خنده‌های تمسخرآمیز پر سر و صدایش را ول کرد. بعد دورخیز کرد در آن یک وجب جا قدم رو می‌رفت و نطق می‌کرد و اصطلاح‌های الکی دهان پرکن هم چاشنی‌اش می‌کرد که مثلا من را مرعوب کند. اما دیگر نمی‌دانست وقتی کسی آرام آرام سال‌ها با پروست در سیر و سلوک جستجو بوده باشد با او خویشاوند و ساکن اتاق اکوستیک است.

بهرام از سکوت و نگاه من فهمید که دری وری‌هاش را قبول ندارم. در این مواقع هر چه دم دستش بود پرت و پلا می‌کرد این طرف آن طرف. حالا نمی‌دانم مشروبش دیر شده بود؟ یا چی. و دیگر کار زشتی که می‌کرد این بود که کتاب‌های نویسنده‌های محبوبم را مثل کتاب پنج گنج گلشیری، زیر جمله‌ها با خودکار قرمز، نه با مداد، با خودکار خط می‌کشید و درشت می‌نوشت این جمله غلط است.

بگومگوهای ما شدت گرفته بود. من جرأت نداشتم اسم برشت را بیاورم چون برشت، سرقفلی ایشان بود. یک بار من در ذهن‌ام داشتم به این فکر می‌کردم که فاصله‌گذاری برشت، شبیه آستان مشاهده‌ی هرمان هسه است و این را بلند گفتم. وای قیامت کرد که بهتر است من دهانم را ببندم چون هسه عقب مانده و مرتجع بوده. و ابتر آن که اگر من

چیزی می‌گفتم کـه او پیش خودش می‌دانسـت کـه او
نمی‌دانسـته و نمی‌توانست عرض اندام کند، قهر می‌کرد و
شب‌هنگام وقتِ آشتی و هم‌آغوشی، عشق‌بازی با خشونت
و حالتی از تجاوز همراه بود.

یک روز اما دلم براش سـوخت. روزی که از ایران خبر داده
بودند که پدرش فوت کرده. رو به پنجره نشسته بود بد جور
هق‌هق می‌کرد مثل یک پسـر بچه. نوازش و دل‌داری من را
پس زد. و تا چند روز چهره و رفتارش کاملا تغییر کرده بود
انگار عریان شده بود و کس دیگری بود.
شـگفت آن که بهرام اصـلا از دخترهاش حرف نمی‌زد. من
هم که گاهی از مسـیح حرف می‌زدم و ابراز نگرانی می‌کردم،
حرف را عوض می‌کرد انگار حوصله نداشت. آن دخترش از
ایران، گاهی تلفن می‌کرد، چنان در لحظه گرم و صـمیمی و
بامزه با دخترش حرف می‌زد و سپس بعد از تلفن، انگار آن
دختر دیگر وجود ندارد. این دخترک هم این جا گاهی تماس
می‌گرفت و هی ددی ددی می‌کرد بعد بهرام می‌بردش پارک
و براش خوراکی می‌خرید. وقتی هوا سـرد بود دخترک هی
می‌گفته: می‌شـه بیام خونه‌ات؟ بعد می‌بردش مال. هر بار
دخترک پای تلفن ددی ددی می‌کرد، شـرمندگی سـراپای من
را فرا می‌گرفت، گند زندگی داشت می‌آمد بالا...

دیگر پایم نمی‌کشید بروم آپارتمان بهرام. بعد از کار می‌رفتم قدم می‌زدم گاه خودم را گم می‌کردم میان بی‌خانمان‌ها. کنار یکی‌شان که شبیه مسیح بود می‌نشستم و بی‌آن که گریه کنم، صدای هق‌هق خیابان را پر می‌کرد...

چند شبی بود مسیح می‌ماند خانه، دیگر کازینو نمی‌رفت خسته و وامانده شده بود مثل مادرش. در سکوت به هم دل می‌دادیم. در سکوت قربان صدقه‌اش می‌رفتم. بهرام را چند باری دیده بود و آن طور که بهرام با صمیمیت بغل‌اش کرده بود، بهرام را دوست داشت. حالا نگران بود که من با بهرام به هم زده‌ام؟ و در این میانه‌ها با بهرام رفت و آمدی داشتیم، رستورانی می‌رفتیم مثل یک خانواده. و اگر گفتگوی ادبی نمی‌کردیم، دعوایمان نمی‌شد و باز بهرام پر نوازش و مهربان شـــده بود. فقط یکی دو بار گیر داد که چرا مسیح کار نمی‌کند در دلم گفتم خودت چرا کار نمی‌کنی. چون این طور که می‌دیدم پایان‌نامه‌ی دانشگاه هم در کار نبود فقط دسته دسته کتاب از کتاب‌خانه می‌گرفت می‌گذاشت روی میز، لایش را هم باز نمی‌کرد تا روزی که ببرد پس بدهد.

من در دو جبهه باید می‌جنگیدم چون اکثر ما ایرانی‌هـا، افسردگی و اضطراب دائم را بیماری نمی‌دانیم. پدر مسیح و همسرش مدام فشار می‌آوردند که چرا مسیح کار نمی‌کند و من هر چه توضیح می‌دادم، بدتر می‌شد چون آن‌ها من را

هم مقصر می‌دانستند. زن‌بابای مسیح، خیلی خانم کاری و موفقی بود و پول همه چیزش بود. چندین بار به مسیح گفته بود که باید برود سر کار و دست از تن لشی بردارد چون آن‌ها دیگر نمی‌توانند پول توجیبی به او بدهند و چند تا برگه‌ی درخواست کار در رستوران و پیتزایی داده بود به مسیح. اتفاقاً همان شب، بهرام هم ضمن نصیحت پدرانه که بهتر است مسیح برود سر کار، با خنده و مسخره به مسیح گفت: شازده‌ی کون گشاد. همان طور که صدای خنده‌ی بهرام در اتاق طنین‌انداز بود، مسیح برگه‌های درخواست کار به دست، رو به من چرخید که پشت‌اش به بهرام بود، اشک‌هاش آمد پایین و به صلیب کشیده شد...

آخرهای تابستان بود، ما از قبل قرار گذاشته بودیم با بر و بچه‌های گروه ادبی برویم جنگل و کنار دریا چادر بزنیم. من دیگر آن حالت خوشحالی و شعف را نداشتم که در کنار ادب دوستان باشم، تق همه چی درآمده بود. اما زیر آن حتی تظاهر به ادب دوستی، یک زندگی جریان داشت، آن جریان را حس می‌کردم و سخت به آن نیاز داشتم. تا چادرها زده شود و غذاها آماده، آبجوخوری و بگو بخند و فضای بی در و پیکر سبک‌باری بود که می‌شد اسمش را بگذاری زندگی.
خوب یادم است در آن لحظه‌ها دلم می‌خواست زمان بایستد آدم وقتی می‌رود در دل طبیعت، تازه می‌فهمد چه از او دریغ شده...

آبی آب این ساکن روان، آبی آسمان گسترهٔ بی‌انتها، عظمت سبزینه‌ی جنگل وقتی نور خورشید لابه‌لای درخت‌ها و سرشاخه‌ها به بازی‌ست انگار هر لحظه ارمغانی از غیب جلوی دید ماست و سینه لبریز از بوی صمغی ناشناخته که رخوتی سکرآور داشت و ما را به سکوت وامی‌داشت.

اما تا غروب که دور آتش جمع شدیم، من‌های متورم ادبی یکی‌یکی زد بالا و عیش طبیعت منقض شد. در بحث "چند صدایی" در رمان‌های داستایوسکی، گفتگوهای پینگ پنگی درگرفت اما یک کلام از آلیوشا و "شناخت مسئولیت" که شالوده‌ی آثار اوست حرف نشد. یکی هم در بحث "غیاب" دریدا، بهرام را حسابی نشاند سر جاش و بهرام هر چی دیفقانس دیفقانس کرد، کم آورد اما بهرام وقتی هم که شکست می‌خورد باز مثل اسپارتاکوس می‌آمد وسط مبارز می‌طلبید.

راستش من هم خودی نشان دادم و از نثر درخشان سووشون و شخصیت محکم و دوست‌داشتنیِ زری گفتم ولی از هر طرف به من حمله شد به خصوص زن‌ها به من گفتند امل و مرتجع. میان آن جیغ‌های بلند و کوتاه، من می‌خواستم از ایجاز و درخشش زبان در این رمان حرف بزنم اما امان ندادند تا این که صدای امواج دریا و جیرجیرک‌ها ما را تسخیر کردند.

در جمع ما، دخترخاله‌ی یکی از دوستان، دختر خجالتی و نازی بود که تازه از ایران آمده بود کم سن و سال، شاید نوزده بیست، همه باهاش گپ می‌زدیم که غریبی نکند. می‌خواست روان‌شناسی بخواند. دخترها که از ایران می‌آیند اغلب یا روان‌شناسی خوانده‌اند یا قرار است بخوانند. وقتی دور آتش بودیم دیدم بهرام به دخترنازِ خجالتی، سیگار داد و تو قهوه‌اش براندی ریخت. بعد ناگهان هر دو در دل سیاهی شب غیب شدند. بعد یادم افتاد از اول، وقتی هم که داشتیم چادر می‌زدیم این دو تا نبودند. غیب شدن آن‌ها، نه سؤال برانگیز بود نه جای نگرانی داشت چون ما از این مراحل عبور کرده بودیم، روشنفکر، جریان‌ساز و تابو شکن بودیم. تا سپیده‌ی صبح که پیدایشان شد، دختر ناز خجالتی رفت توی چادرشان خوابید.

من گیج و منگ بودم واقعیت را نه می‌فهمیدم، نه می‌پذیرفتم. تا این که بهرام نشست جلوم خیلی مسلط و محکم گفت : واقعیته دیگه اتفاق افتاده. یعنی به هم دل باخته‌اند. این "واقعیته دیگه اتفاق افتاده" لهیب آتشی بود که می‌سوزاند و خاکستر می‌کرد، زیرا دیگر دانستم آن شبی که بهرام تا صبح با من تو خیابان بود، بعدش به همسرش گفته: "واقعیته دیگه اتفاق افتاده "...

وقتی برگشتم خانه، از تو راهرو هنوز وارد خانه نشده بودم حسی شوم تن‌ام را به لرزه انداخت. تا وارد شدم دیدم، روی

میز آشپزخانه کنار برگه‌های درخواست کار، یادداشت مسیح
بود :

مامان من رفتم نگران نباش

با دامی‌یار و دوستش با همایم یک ماشین ون بزرگ داره.
ما دیشب ششصد دلار بردیم ما کازینو رو شکست می‌دیم
برای اونایی که نمی‌تونن کار کنن شـــرکت می‌زنیم مامان تو
هم می‌تونی نری سر کار بشینی همش کتاب بخونی

نگران نباش

تندی رفتم تو اتاقش. همه چی را برده بود. همه لباس‌هاش،
کفش‌هاش حتی لحاف و بالش، حتی بلوزهایی که براش
کوچک شـده بود. کشوهاش همه خالی نیمه باز. انگار همه
چیزش به سرقت رفته بود. زانوهام تا شد نشستم زمین روی
ورق کاغذهایی که ریزریز فرمول روش نوشـــته بود، ورق‌ها
را گذاشتم به چشم‌هام...

"آیا در این دیار کسی هست که هنوز

از آشنا شدن

با چهره‌ی فنا شده‌ی خویش

وحشت نداشته باشد"

یک هفته مرخصی گرفتم. نشـــستم در و دیوار را نگاه کردم
مات و مبهوت که چی شد که همچین شد...
اول نگرانی ویرانم می‌کرد، دوم شـــرمندگی. با پلیس تماس
گرفتم. پلیس، مشخصات مسیح و دوستش را گرفت گفت

بزرگ سال است چون یادداشت گذاشته، گم‌شده محسوب نمی‌شود. با همکارانم در میان گذاشتم، دلداریم دادند که خسته می‌شود برمی‌گردد. شهاب‌سنگ گفت باید دنبالش بگردیم و به من قوت قلب داد.

شرمندگی ویران‌ترم می‌کرد، شرمندگی حسی سنگین و سیاه و نفس‌بر است تمامی ندارد هی به آن اضافه می‌شود. شرمندگی‌ام از اصول و ارزش‌هایی بود که آموخته بودم. از تربیت و پرورشی که شخصیت و ذهن خود را بارور کرده بودم. یک پارچگی‌ام از دست رفته بود، شکافی هولناک ایجاد شده بود، مغاکی مهلک و مهیب...

بعد از سال‌ها، هنوز پشت‌ام می‌لرزد وقتی به آن زن تنهای تنها رها شده در غربت فکر می‌کنم، بی‌هیچ یار و یاوری همراه با وحشت بی‌خبری از پسرش، پسری که حواس‌پرت بود و دلهره‌ی دائم داشت...

دو سه تایی دوست و آشنای نزدیک که خودشان مادر بودند می‌گفتند ولش کن، اما خودشان دو دستی مراقب بچه‌هاشان بودند. یعنی من و مسیح را قابل نمی‌دانستند که انقدر راحت می‌گفتند ولش کن. دوست و آشناهای پدرش، هیچ وقت نمی‌پرسیدند: مسیح چطوره. فقط می‌پرسیدند: کار می‌کنه؟ دانشگاه می‌ره؟

وقتی فرزندی در خانواده، مریض احوال باشد بیماری خطرناک مثل کم‌کاری کلیه یا سرطان، اطرافیان همه همدردی می‌کنند، مدام سر می‌زنند و دل‌داری می‌دهند. اما بیماری روحی‌روانی، شامل همدردی نمی‌شود. حتی بعضی مثل دوست و آشناهای پدرش شماتت می‌کردند، پژواک صدایشان می‌آمد که : دندش نرم، چشش درآد...

وقتی از بی‌اعتنایی و بی‌کسی فرومی‌ریختم و وحشت می‌کردم، نامه‌های هدایت و شهیدنورایی را می‌خواندم. دل‌واپسی و مهری که برای همدیگر در جوف نامه‌ها منتشر بود، به من هم سرایت می‌کرد.
یا حق... نامه‌ها را مثل گل‌برگ‌های شب‌در می‌گذاشتم به چشم‌هایم، زیاده قربانش، انگار کسی هم دل‌واپس من بود. یاهو...
من که کسی را نداشتم جز آن ذهن‌های درخشان که بهشان وابسته شده بودم، عصر و غروب یکی‌یکی می‌آمدند، تولستوی به تسلا، چخوف به نوازش. هسه شانه‌هایم را محکم می‌گرفت و مولوی دهل می‌زد بر طبل تولد دوباره. کافکا اما خون سرفه می‌کرد...

هیچ سر نخی از مسیح نداشتم که دنبالش بگردم. دوستش دامی‌یار، چندباری آمده بود خانه‌مان. دو سه سالی از مسیح بزرگ‌تر و بچه‌ی خوبی بود. اهل اروپای شرقی، یوگسلاوی

شاید. دامی‌یار هم، باباش از یک طرف رفته بود، مامانش از یک طرف دیگر. او هم‌کلاس یازده دبیرستان را ول‌کرده بود و در کارخانه‌ی سنگ‌بری‌کار می‌کرد اما بعد از مدتی از کارخانه آمد بیرون و فرمول احتمالات می‌نوشت تا کازینو را شکست دهد. دوست دخترش هم ولش کرده بود رفته بود با یکی دیگر.

فقط یک بار دامی‌یار را رسانده بودم خانه‌ی دوست دخترش، آن خانه و چهره‌ی زیبای دخترک و پوست شکلاتی رنگش خوب یادم مانده بود.

شهاب‌سنگ آمد مدتی در اتاق خالی مسیح، در سکوت و مراقبه نشسته بود. بعد ناگهان با صدای بلند از سرودهای خودشان خواند صدایش با زبانی غریب در اتاق خالی پیچیده بود، من سخت غریبی کردم به کجا پرتاب شده بودم؟ من دلم می‌خواست با زن‌های فامیل که دیده بودم برای جوانی ناکام، عزاداری می‌کردند و زبان می‌گرفتند دست به گریبان شوم، زبان بگیرم بگویم مادر جوانی‌ات کجا سوخت...

شهاب‌سنگ چندتایی عکس مسیح را از من گرفت و رفت. شب‌ها باز می‌آمد با هم از این کازینو به آن کازینو، دنبال مسیح می‌گشتیم.

وقتی وارد کازینو شدم اولین چیزی که یادم مانده یکهو انگار ریه‌هام پر شـده باشـد نتوانسـتم درسـت نفس بکشـم و بی‌اختیار اشک سـرازیر بود. آمدم بیرون تا نفس بکشـم، تا گریه امان دهد.

زمـان و مکـان بعد دیگری پیدا کرده بود انگار رفته بودم جبهه، جنازه‌ی بچه‌ام را تحویل بگیرم. وقتی توانسـتم مردم را نگاه کنم دیدم بعضی‌ها که برای تفریح آمده بودند، معلوم بـود پر از هیجـان و جنـب و جوش بودند. بعضـی که بیشـتر میان‌سـال و یا سـنی ازشـان گذشـته بود و شـاید هر شب پناه‌شـان آن جا بود، جسـدهایی بودند که سـر پا ایسـتاده یا نشـسـته بودند. اما چندتایی جوانک، نگاه‌شـان مثل نگاه مسـیح رمیده بود. اما نه، نگاه‌شـان فقط رمیده نبود انگار در خواب ابدی بودند با چشم‌های باز...

یکی‌شـان که غرق در فرمول نوشـتن بود، معصـومیت صورتش مثل مسیح بود فقط حلقه‌ی خار بر سر کم داشت، بی‌اختیار می‌خواسـتم مثل ناهی فریاد بزنم سـرش : مگر تو خانه نداری خانه‌خراب...

بعد از فرمول نویسـی آمد جلو، یک ژتون گذاشـت پشـت دسـت یکی. عضـلات صـورتش می‌پرید، در جا ژتون را باخت و انگار کشـیده‌ی محکمی خورد، رویش را برگرداند.

بعد باز فرمول نوشـت باز آمد جلو دو تا ژتون روی هم گذاشـت و چند برابر برد، با شـجاعت آمد جلوتر چندتا چندتا ژتون گذاشت یکهو همه را از جلوش جارو و خالیش

کردند. از قبض روح شدنش که انگار مشت و لگد بود که به
سر و جانش کوفته می‌شد فقط من می‌دانستم سیاه و کبود
شده...

وقت برگشتن، شهاب‌سنگ از یتیم‌هایی گفت که پدر و مادر
دارند اما همه‌ی عمر یتیم‌اند. در راه که می‌رفتیم و می‌آمدیم،
من تا بغض می‌کردم می‌زد کنار یک جوشانده درست
می‌کرد می‌داد دستم، حالم جا می‌آمد. جوشانده بوی گس
خوشه‌های اقاقیا می‌داد. جوشانده درست کردن، از وظایف
شمن‌هاست و علم و حکمت و آیین خودش را داراست.
ماشین‌اش یک ون بود که پشتاش هر چی آدم نیاز داشت
با سلیقه و نظم خاصی چیده شده بود. با همین ون،
بومی‌های به فنا رفته را از اقامت‌گاه بهزیستی، می‌ربود و به
سرزمین‌های خودشان می‌برد. طوری که با آداب و آرامش،
جوشانده را مهیا می‌کرد و زیرچشمی آدم را می‌پایید، طوری
که لیوان را به دست آدم می‌داد عاطفه‌اش به سرعت نور،
احیای جان می‌کرد.

و خوب‌تر آن که در راه، در راه جستجوی مسیح و گپ و
گفت‌ها، فهمیدم شهاب‌سنگ در چه وسعتی فلسفه خوانده.
چقدر راحت و سبک‌بال می‌شد از مفاهیم حرف زد وعشق
کرد بی‌آن که هی مسابقه‌ی من بیشتر بلدم و تو کمتر بلدی
باشد. گاه یک چیزی را که در بستر صفا و صمیمیت

می‌خواســت بگوید و به انگلیســی گفتن راضــی نمی‌شــد و
من‌من می‌کرد، من یکهو ذهنش را می‌خواندم و مثلا می‌گفتم
مثل بی‌نیازی؟ بعد چشــم‌هاش برق می‌زد، کف دســتش را
می‌آورد بالا به حالت بزن قدش...
بعد از سرودهای خودشان می‌خواند و معنی می‌کرد. وقتی با
صدای آهنگین‌اش سرود را معنی کرد، در من این شعر بیدار
شد :
مرغان هوایی را بازان خدایی را
از غیب به دست آرم بی‌صنعت و بی‌حیلت

والدین شهاب‌سنگ، در مدرسه‌ی شبانه روزی کاتولیک از
پای درآمده، ویران شده بودند و بعدها بعد از ازدواج و بچه
دارشدن هم باز نتوانسته بودند از وحشت کابوس‌ها نجات
یابند، به الکل پناه برده بودند. و بچه را به خانه و خانواده‌ی
سرپرست سپرده بودند. در کانادا رسم است که اگر والدین
نتوانند کودک خود را به شــایســتگی بزرگ کنند، از طریق
اداره‌ی بهزیســتی او را به خانواده‌ای دیگر می‌ســپارند،
خانواده‌ای که پذیرای کودکی دیگر اســت. البته دولت
هزینه‌ی کودک را ماهانه می‌پردازد ولی بعدها از این خدمات
انســان دوستانه، سؤاستفاده شد و کودکان معصومی که در
همین خانه‌ها مورد خشونت و بهره‌ی جنسی قرار گرفتند و
تا ســازمان بهزیســتی بفهمد و تا بیاید بچه را به خانواده‌ای
دیگر بسپارد، کار از کار گذشته بود.

وقتی از دلتنگی و بی‌قراری برای مسیح پایم نمی‌کشید بروم
خانه، می‌رفتم گوشه کنار میان بی‌خانمان‌ها و موادی‌ها قدم
می‌زدم، در چشم‌هایشان دنبال روایت سرگذشت‌شان بودم.
آیا آن‌ها با چشم‌هایشــان، چشم‌هایی که انگار اشــک در
حدقه‌اش خشک شده و در چهره‌ی مخدوش و ویران‌شان،
ظلم مضاعف یتیم‌بودگی را نشان‌مان نمی‌دهند؟
مسیح کدام گوشه کناری رختخوابش را پهن کرده...

شـــهاب‌ســـنگ شانس آورده بود که از خردسالی، یک
خانواده‌ی ایرلندی پر بچه او را با مهر و عطوفت بزرگ کرده
بودند. و حضور یک مادربزرگ، که وقتی شهاب‌سنگ از
آغوش و حمایت آن مادر بزرگ به تفصیــل گفت، من
فهمیدم هیچ وقت برای مسیح حضور مادرانه نداشته‌ام.
حضـــور مادرانه، در کنار پدر و یا پدربزرگی آگاه هم همان
حضـــور مادرانه‌ست اما آن‌هایی که مثل مســیح از چنین
حضـــوری محروم بوده‌اند تا آخر عمر مثل ماهی افتاده در
خشکی در حال جان دادن‌اند...

٦٣

و خوب فهمیدم منظورش چی بود وقتی که گفت یتیم‌هایی
هستند که پدر و مادر دارند اما همه‌ی عمر یتیم‌اند. شب‌ها
قبل از خواب دیگر هیچی را نمی‌توانستم بیندازم پس کله‌ام،
واقعیت برهنه و هولناک از در و دیوار و اتاق خالی مســیح
بالا می‌رفت.

در ســیر و ســلوک با شــهاب‌ســنگ، یافتم یافتم که طفل را حضور مادرانه وصل می‌کند به هستی. غریزه‌ی مادرانه‌ای که با کینـه و بغض و خودخوری، مخدوش نشــده باشــد. حضوری پاک و بی‌غش. حضور مادرانه یعنی از همان وقت شــیر دادن به نوزاد و بعد دوران کودکی و بازی و قصه و لالایی، در آن دقایق قدســی، مادر با خود و با جهان در آشتی‌ست، نه در کشـمکش و کلاف واکنش‌های خشم‌آلود بی‌پایان. و خطبه در کنار سـنگ که آلیوشـا برای بچه‌ها می‌خواند یادم آمد: حتی اگر یک خاطره از مادر داشــته باشـید، همان خاطره در روزهای سـخت، نجات‌تان خواهد داد.

آیا آن یک خاطره در ناخودآگاه، همان خاطره‌ی وصـل به هستی نیست؟ و بعدها یادم آمد که خودم هیچ خاطره‌ای از مادر ندارم به جز سکوت‌های سنگین و سیاه و خشم و کینه. البته حتما خود مادر هم در کودکی، از آن حضــور محروم بوده و ادامه‌ی این سکوت سنگین و سیاه و عاطفه‌ی آلوده بــه کینـه و بغض و تحقیر در این چرخـه‌ی معیوب در زندگی‌مان، بین من و مسیح حجاب بوده و ظلم مضاعف بر جسم و جان مسیح کودک و نوجوان در غربت...

یتیم‌هـایی کـه همـه‌ی عمر یتیم‌انـد، هیچ خـاطره‌ای در ناخودآگاه از وصــل به هســتی ندارند، هیچ خاطره‌ی قوام

یافته از مادر در روح و روان خود ندارند، سرگشته و سراسیمه همه‌ی عمر به دنبال برقراری رابطه پرپر می‌زنند، برای هر رابطه‌ای همه‌ی عمر باج می‌دهند تا شاید به آن وصل، به آن دقایق قدسی برسند اما آن مغاک خالی درون هیچ وقت پر نمی‌شود، آن اعتمادبه‌نفس متزلزل، هیچگاه سامان نمی‌یابد.

باکمک شهاب‌سنگ دریافتم که اغلب، پناه این یتیمان بستر اعتیاد است. آن روز که بهرام روحش عریان شده بود و مثل یک پسربچه برای پدرش می‌گریست و بعدها که دیدم سیری ناپذیر از این آغوش به آن آغوش می‌شد، دانستم بی سرو سامانی‌ست در هوای وصل...

و اعتیاد همسرم به قمار، حتی اگر شاگرد اول دانشگاه آریامهر بوده باشد، نبود عزت‌نفس خود را در چالش‌های بی‌پایان بازی پوکر می‌جست و در کسب هیجان دست‌مالی سر و سینه‌ی منشی و زن همسایه و کلوپ‌های شبانه...

اما از بختیاری من بود که اندیشه‌های تابناک در بستر ادبیات، دستم بگرفت و پا به پا برد. متن‌های آکنده از شفافیت و معرفت، دقایق قدسیِ وصل به هستی را برایم رقم زدند. هرمان هسه، تؤامان هم مادر بود هم پدر. و دلیری و عزت‌نفسی که با دم و بازدم تولستوی ساخته و پرداخته می‌شد. و از برکت دیوان شمس، سیاهی و اندوه و

نک و نال در زندگی، رنگ می‌باخت و وجد و نشـاط و دلی مطمئن در یگانگی با هستی تجلی می‌کرد.

من از یتیمی درآمده بودم اما دیگر برای مسیح دیر شده بود، کودکی مسیح بی‌حضور مادرانه گذشته بود.
بعدها گذری در خیابان و فروشـگاه اینجا آنجا می‌دیدم مادرها با بچه‌هاشان حرف می‌زدند یک چیز حتی بی‌خود را با عشــق و علاقه با آب و تاب و قربان صــدقه توضــیح می‌دادند این یعنی رابطه، یعنی تجربه‌ی وصل. یادم می‌آید من خاموش بودم انگار تو خواب راه می‌رفتم. غذا و میوه و قاقا لی‌لی به بچه‌ام می‌دادم اما باهاش حرف نمی‌زدم. نه قربان صــدقه، نه قصه، نه لالایی هیچی. ما قطع بودیم از دنیا و مافیها. یادم می‌آید در اسباب‌بازی‌هاش، سـربازها را به خوب‌ها یعنی ایران و بدها عراقی‌ها تقسـیم می‌کرد و با دهانش صـدای شـلیک و انفجار در می‌آورد و عراقی‌ها را می‌کشـت. مسـیح یتیمی که هم پدر داشـت هم مادر، پای تلویزیون بزرگ شد.

یک روز تو فروشــگاه، دخترکی لاغر و نزار بنگلادشــی یا همان حوالی، ساری سبز خوشرنگی به تناش، با بچه‌اش تو کالسـکه جلوی ردیف پنیرها ایسـتاده بود. فروشـگاه‌های کشـورهای تراز اول را هم که دیده‌اید، هزار جور پنیر است از بالا تا پایین. دخترک بچه‌اش را بغل زد و با انگشت نشان

داد و می‌گفت کدام را می‌خواهی. بعد شروع کرد خواندن. هندی می‌خواند. آهنگی ریتمیک و سرخوش و حالت قربان صدقه و ترجیع بندش اسم پنیرها را می‌گفت و می‌خواند و تابی ظریف به اندام‌اش می‌داد که کدام را؟ این را یا آن را؟ و باز ریز در خود تاب می‌خورد و می‌خواند. حریر صدا مرا در خود پیچید و حال و هوای دخترک با بچه‌اش و من مادری جوان شدم، شاد و سرخوش. یادم رفت برای چه رفته بودم فروشگاه. تن‌ام تاب تن دخترک را گرفته بود و انگار که دوتایی ذکری را با هم بگوییم رو به قبله‌ای نامعلوم خم و راست می‌شدیم...

مدتی بود که من را بیشتر برای ترجمه، همراه پناهنده به سازمان‌های دولتی و اداره‌ی اقامت می‌فرستادند برای انجام کارهایشان. و همراه مریض، نزد پزشک. گاه نزد پزشک، پناهنده نمی‌خواست و نمی‌توانست مشکل‌اش را به دکتر بگوید خجالت می‌کشید. دکتر تقاضای مترجم مرد کرده بود اما آن زمان مترجم کم بود چه مرد چه زن. باید یک کاریش می‌کردیم. من تک سرفه‌ای می‌کردم به جوان پناهنده می‌گفتم من خواهرتم اشکال ندارد. زمین را نگاه می‌کردم تا بگوید بعد با من‌من می‌گفت. بعد از یک جلسه خصوصی با دکتر، فهمیدم خیلی از جوان‌ها که از زندان یا از جنگ آمده بودند Erection نداشتند من این واژه را نه به انگلیسی بلد بودم نه به فارسی اما فهمیدم منظور، ناتوانی مردانه است.

بعد دیگر یاد گرفته بودم به پناهنده، به مریض چه بگویم و چطوری بگویم. دکتر به همه‌شان قرص اعصاب می‌داد. یادم نمی‌آد در جلسه‌های بعدی کسی بهتر شده باشد.
وقت برگشتن پیاده تا مترو، زیر چشمی جوان را می‌پاییدم. او همان طور که تشکر می‌کرد سعی می‌کرد با من چشم تو چشم نشود. نمی‌شد راجع به دردش باهاش حرف زد. می‌خواستم هر جوری شده کمک‌اش کنم، درد بی‌درمانش را چاره کنم. از بس فلاکت و اندوه از سر تا پاش می‌ریخت. گاه از ذهن‌ام می‌گذشت بروم خانه‌اش، نوازش‌اش کنم بغل‌اش بگیرم، شاید در بستر صمیمیت و اعتمادبه‌نفس بخشیدن، فرجی حاصل شود. ولی چطوری؟ ما کنار یکدیگر بودیم، کنار یکدیگر راه می‌رفتیم اما بین ما کوه‌ها و دره‌ها فاصله بود. فاصله‌ی قانون و سنت و دره‌های ترسناک آبرو.
چرا برای ایجاد محبت و مرهم گذاشتن فاصله‌هاست، چرا برای دست نوازش سد و مانع است، چرا دنیای دون، صمیمیت تن‌ها را برنمی‌تابد...

روزی با پناهنده‌ای فلک‌زده، در اتاق انتظار نشسته بودیم تا نوبت‌مان شود، جوانی از اتاق دکتر آمد بیرون. ایرانی بود خودش تنها بدون مترجم، حتماً انگلیسی می‌دانسته. ما نگاه‌مان به هم گره خورد و زمان ایستاد. انگار قرار بود از هم سؤالی بکنیم یا بپرسیم ما جایی همدیگر را دیده‌ایم.

لحظاتی من صدای قلب خودم را می‌شنیدم. و او دست‌اش
به دستگیره‌ی در، انگار هزار سال همان طور در جا ایستاده
بود. شکل شاه‌زاده‌ها بود تو قصه‌های شاه پریان. رفتاری
آرام و متین و شاه‌وار داشت.
بیشتر شکل نقاشی داوینچی از حضرت مسیح بود با
موهای بلند، پیشانی مرمرین و چشم‌هایی درخشان اما
غم‌بار. و بعد شب‌ها قبل از خواب، آن هیبت شاه‌وار و
غم‌زده با آن چشم‌های درخشان، به سقف اتاق جلوی
چشم‌هام بود.

یک روز که رفتم محل کارم تا گزارش کارم را بنویسم، دیدم
در سالن غذاخوری داشت قفسه سوار می‌کرد. هر دو جا
خوردیم. او خشکاش زد، من رفتم جلو سلام کردم. اسمش
مهدی بود. وقت ناهار به همکارم گفتم تعارفاش کنید
بیاید ناهار. همکارم گفت آقا مهدی روزه‌ست. این طور که
گفت، مهندس مکانیک و همه فن حریف بود. دو سال
جبهه بوده، ترکش خمپاره تو تنش بود و برادرش شهید شده
بود. همکارم این کار را برایش درست کرده بود که تجربه‌ی
کار کانادایی حساب شود.
مسیرش به من می‌خورد قرار شد بعد از کار، من برسانمش.
تا نشستیم تو ماشین، من دیگر قلبم در دهانم بود. گفتم
آشنایی انگار...

از توی مطب دکتر، چهره‌ی مهدی من را پرتاپ کرده بود در دالانی تنگ و تاریک که می‌رسید به دو هشتی کوچک و بزرگ. خانه‌ی حاج دائی، دائی مادرم که در سال، چند هئیت عزاداری و مولودی در آن برگزار می‌شد. من با گروهی از بچه‌های فامیل در آن دالان تنگ و تاریک و یک بزرگ‌تر عصبانی با دم‌پایی پشت سرمان، دنبال هم می‌کردیم و از ترس شلوغ‌کاری و کرکر کودکانه چندتا چندتا همدیگر را بغل می‌کردیم و آن وقت از خوشی جیغ می‌زدیم. یکی از این بچه‌ها انگار همین مهدی بود. با داداشش مجید. داشتیم سن و سال‌مان را حساب می‌کردیم، مهدی دو سال از من کوچک‌تر بود، آن خانه و آن محله را یادش نیامد اما گفت که هر سال در محرم و رمضان، با داداشش نذری و شله‌زرد در محله پخش می‌کردند.

آمدیم به زمان حال رسیدیم به خانه‌اش. وقتی نزدیک شدیم به آدرسی که داده بود دیدم همان خانه‌ای‌ست که یک‌بار دامی‌یار، دوست مسیح را رسانده بودم خانه‌ی دوست دخترش. خانه‌ای بزرگ بود اما دنگال که مهدی زیرزمینش را اجاره کرده بود. از صاحب‌خانه‌اش پرسیدم و گفتم دورادور می‌شناسم، سیاه‌پوست‌اند. گفت: آره. آدمای خوبی‌اند.

مهدی اول گفت: نه مزاحم نمی‌شــم. اما قبول کرد که فردا بروم دنبالش با هم برویم ســر کار. گفتم : می‌خوام از جنگ مطلبی تهیه کنم و بنویســم. گفت: جنگ؟ ســکوت کرد و دستی تکان داد.

شــب، قبل از خواب من آن دخترک را بـا چتری‌هـای سینه‌کفتری که ژاکت آبی دست‌باف تنش بود، دیدم که کرکر می‌کرد با بچه‌ها و شادی در سینه‌اش می‌تپید. حالا آن دالان تنگ و تاریک تمامی نداشــت و بوی خوش شـله‌زرد پیچیده بود در مشــام‌ام و باز صــدای قلب خودم را می‌شــنیدم. بلند شـدم نشســتم در رختخواب تا بتوانم نفس بکشم. پس من هم خاطره دارم، خاطره‌ی نشـــاط کودکی که بچه‌ها را بغل کرده بودم و خودم هم تو بغل بچه‌ها بودم...
سلام مارسل، سلام آقای پروست که من را برده‌ای به نشاط زندگی، برده‌ای مرا به زمان بازیافته...

مهدی تا نشست تو ماشین، اول جلوی خودش را گرفت اما نتوانســت، بی‌اختیار گفت داداشــم داداشــم... و اشــک‌هاش آمد پایین. بعد من گفتم پســرم و اشکم سرازیر شـد. همه‌ی راه بی‌صدا گریه کردیم تا رسیدیم. گفتم پسرم گذاشته رفته، هیچ خبری ازش نیست.
گفتم چه و چه‌ها...

این طور که مهدی گفت برادرش دو سـال از او کوچک‌تر بود، پیکر تکه‌تکه‌اش را خودش برای خاک‌سـپاری برده به خانه. مهدی در پشـت جبهه بخش تعمیرات ماشـین آلات بوده و مجید خط اول.

مجید با دخترخاله‌شان ازدواج کرده بود، وقتی که شهید شد دو دختر شـیر به شـیر داشـت. بعد از شب سـال مجید که دیگر جنگ هم تمام شـده بود، خانواده به مهدی فشـار می‌آورد که با همسـر شـهید، وصـلت کند تا زن و بچه‌های شهید بی‌سرپرست نمانند.

مهدی گفت که قبل از دانشـگاه دیگر مذهبی نبود و از خانه بریده بود. حالا والدین و ریش‌سفیدهای فامیل معتقد بودند چون بچه‌های شـهید، سـمیّه و سـمانه دخترند باید تحت سرپرستی خودشان باشند. بعد از چندی، مهدی از گریه‌های مادر و التماس‌های خاله که دختر جوانش بیوه شـده بود، بی‌طاقت می‌شـود و می‌پذیرد که به این وصـلت تن دهد. نیمه‌ی شـعبان، شـیرینی می‌خورند و در مجلسی مختصـر از ریش‌سفیدهای فامیل، زهره همسـر برادر شـوهر و حالا زن این یکی پسرخاله‌اش می‌شود. و بعد از یک هفته در خانه‌ای که پدر زهره به آن‌ها هدیه کرده بود، زندگی مشـترک را شروع می‌کنند.

هنگـام هم‌بسـتری بـا زهره، مهـدی می‌فهمـد کـه توانـایی هم‌آغوشـی ندارد. و روزها و شـب‌های پس از آن، مهدی خودش را بـا بچـه‌هـا مشـغول می‌کرده امـا رنجیـدگی،

دل‌شکستگی و گریه‌های زهره، امانش را می‌برد و به فکر
فرار از ایران می‌افتد در حالی که مهر سمیّه و سمانه، سخت
به دلش افتاده بود و آن‌ها از ســر و کولش بالا می‌رفتند و
برایش دس‌دسی و سرسری می‌کردند...

من از مهدی پرسیدم گفتم، گفتی که دیگر مذهبی نیستی اما
روزه می‌گیری. گفت به یاد صفای آن ســال‌ها. یکی دو بار
برای افطار دعوتش کردم، گفت دم افطار می‌خواهـد تنهـا
باشــــد. روز شــنبه‌ای که عید فطر بود برای ناهار آمد. روز
عیدی که خورشـــید، در هق‌هق فروخورده و دل خونین ما
غروب کرد...

مهدی شـرم زنده ماندن داشـت. پیکرهای متلاشـی برادر و
رفیق جان‌جانی‌اش را به خانه آورده بود. و چندین و چند
پسرکان سیزده چهارده ساله. مادران زیادی گریبانش گرفته و
او را رها نمی‌کرده‌اند، پدران بی‌شـماری از مفقود شـدگان،
عکس فرزندشـان را به او نشـان می‌دادند و سـراغ می‌گرفتند.
لحظه‌ی روبرو شــدن با مادران شــهدا که وای‌وای کنان در
آغوش هم به خاک می‌افتادند، مدام جلوی چشم‌هاش بود...

این‌طور که مهدی گفت، اکثر رزمندگان نوجوان، روستایی
بودند و از روسـتای خود آن ورتر را ندیده بودند، در فقر
مطلق زندگی می‌کردند و معمولا یکی در خانه‌شـان زمین‌گیر

بود بدون دوا درمان. انگار از آن ذلت و محرومیت حالا
می‌آمدند به زندگی برای رشــــادت، برای عدالت و دفاع از
حق علیه باطل. انگار حالا روزگار، آدم حسابشان کرده بود.
همین که یونیفورم بســیجی تن‌شان می‌کردند و میان دعا و
صلوات مشایعت کنندگان سوار اتوبوس می‌شدند و با هم
نوحه و سرود می‌خواندند، شاد و سرخوش بودند.

برادر مهدی، مجید در گردان ابوالفضــل شــهید شــد.
ســرهنگ‌های خبره‌ی دوره دیده و فرماندهان ارتش همه
مخالف شــروع عملیات بودند چون نیرو کم داشــتند اما
پاسداری که فرمانده‌ی گردان انصار بود و یک دستش قطع
شده بود و هیچ آموزش جنگی ندیده بود، ایستاد سخنرانی
کرد و همه را برای حمله متقاعد کرد و گفت "این اولین
آزمون گردان ابوالفضل است باید نشان دهیم که مثل آقا قمر
بنی‌هاشــم کمربستــه‌ی ســیدالشــهدا هستیم". بعد صــدای
نوحه‌ی آهنگران بلند و آمرانه پخش می‌شــــد "ای لشــکر
صــاحب زمان آماده باش، آماده باش" شــور و غلغله‌ای به پا
می‌شد که دیگر نمی‌شد بسیجی را در سنگر نگه داشت. گاه
بعضی برای شناسایی دشمن، تمرّد می‌کردند تا عملیات
زودتر شروع شود که در واقع جان همه افراد گردان در خطر
حتمی بود.

در دوران جنگ ایران و عراق، روایت‌های تعزیه در میان بسیجی‌ها بازسازی می‌شد و آن‌ها به عشق مولایشان امام حسین و شهید شدن پرپر می‌زدند. بعضی در آن گرمای کشنده از قمقمه آب نمی‌خوردند به یاد اباالفضل العباس. مهدی، نوجوانی را دیده بود که روی هوا تکه تکه شد وقتی آتش خمپاره می‌بارید و رزمنده‌ها از تشنگی هلاک می‌شدند، فرمانده می‌خواسته سینه‌خیز برود یخ بیاورد، آن نوجوان خود را جلو انداخته گفته در گردان ابوالفضل، سقایی بالاترین سمت است...

مهدی عکس‌های برادر و رفیقش مرتضی را نشانم داد. آنقدر جوان و برومند و سلامت بودند، باورکردنی نبود که تکه‌تکه شده باشند و دیگر نباشند.
اما دنیا باید یادش بماند، عکس آن نوجوان، ثبت است بر جریده‌ی عالم...
پس از پایان جنگ در پشت سنگری در آستانه‌ی بهار، کلاه‌خود به سر و پوتین به پا، اندام جوانش در حال تجزیه شدن است و در کنارش، گل‌های خودرو از زمین رسته‌اند.

جنگ هشت ساله‌ای که طولانی‌ترین جنگ قرن بیستم بود. هشت سال آزگار هر روز و هر شب، هی انجز انجز وعده... بیش از یک میلیون کشته، بیش از دو میلیون علیل و جانباز و میلیون‌ها خانواده که باید با جانبازهای شیمیایی

سر کنند. و بعدها تق‌اش درآمد که بمب‌های شیمیایی، ساخت کشورهای متمدن اروپایی بوده، دست گل‌شان درد نکند. و در تمام مدت جنگ که به علت کمبود نیرو و تسلیحات، نوجوانان ایران گوشت دم توپ بودند، امریکا و اروپا صدام حسین را حمایت می‌کردند.
و شگفت آن که بعدها بعد، وقتی من به پاره نوشته‌هایم رجوع کردم که از مشاهدات و روایت‌های مهدی یادداشت کرده بودم تا مطلبی درباره‌ی جنگ بنویسم، زمانی بود که امریکا وحشیانه به عراق حمله کرد، زهازه... حالا دیگر صدام حسین نه تنها مورد حمایت نبود بلکه دشمن شده بود. این سرنوشت خونبار خاورمیانه بوده بوده است.

مهدی ذرّه‌ای از دنیا با خود نداشت و من تشنه‌ی آن گستره‌ی پاک و بی‌غش بودم. و وقتی کنارش بودم، آن دخترک را با چتری سینه‌کفتری می‌دیدم که شادی و شوق یکی شدن با بچه‌ها از هیجانی ناشناخته، در سینه‌اش می‌تپید و مهدی هم می‌رفت به روزهایی که با داداشش شله‌زرد پخش می‌کردند. دیدن این حضور آشنا در زمان بازیافته، مرا به دوست داشتن‌اش وامی‌داشت...

مهدی در خانه‌ی من، معذب بود با فاصله می‌نشست و پا می‌شد و وقتی توی چشم‌های درشت و درخشانش نگاه می‌کردم، نگاهش را می‌دزدید. چشم‌هاش زلال بود مثل

چشمه و انگار تصویر ماه، بی‌قرار در چشمه می‌لرزید. یک شب نشسته بودیم گپ می‌زدیم، من بی‌قرار و منتظر بودم. تلفن زنگ زد، آیا ما علم غیب داریم؟ آیا علم غیب قابل قبول است؟ قلب‌ام داشت از سینه بیرون می‌پرید. مسیح بود. زدم زیر گریه، مادر مادر کجایی گفتم و میان شیون، بغض مسیح را هم شنیدم گفت:

ماما ماما خیالت راحت حالم خوبه ما هفته‌ی پیش هفت هزار دلار بردیم سیستم‌مون داره کار می‌کنه اما بعدش سه هزار دلارش رو از ما گرفتن. وقتی سیستم‌مون کامل بشه و هی پشت هم ده هزار دلار ببریم می‌آم خونه نگران نباش.

باز گفت که با دامی‌یار است و هر چه اصرار کردم کجایی گفت خیلی دور نیستم، گفت نگران نباش و قطع کرد.

وقتی داشتم با مسیح حرف می‌زدم، مهدی آمده بود نزدیک من ایستاده بود، گوشش را گذاشته بود نزدیک گوشی که صدای مسیح را بشنود. وقتی گوشی را گذاشتم، سر تا پاش می‌لرزید همان‌طور که می‌لرزید من را محکم بغل کرد...

هیچ چیز مثل گریستن با هم، آرامش نمی‌دهد. هیچ چیز مثل گریستن با هم، دل‌ها را به هم پیوند نمی‌دهد. وقتی رساندمش خانه، دلش نمی‌خواست برود تو. با این که سوز می‌آمد نشستیم بیرون روی پله‌ها. آسمان صاف بود و پر ستاره. شب پر ستاره، ساکنِ روان بین ما بود...

هر بار که مهدی را می‌رساندم در فکر بودم که به دختر
صاحب‌خانه نیکول، نزدیک شوم که روزی دوست دختر
دامی‌یار بود، پرس و جو کنم تا از دامی‌یار بیشتر بدانم.
این‌طور که مهدی گفت، پدر نیکول سکته کرده روی صندلی
چرخ‌دار است و خانم سوهی مادر نیکول مدام گرفتار آقای
سوهی است. دو پسر دارند که هر دو راننده کامیون‌اند و
هیچ وقت نیستند و دو دختر. دختر بزرگ‌تر راشل، دانشگاه
می‌رود و مهدی با او انگلیسی‌اش را روان می‌کند اما دختر
کوچک‌تر نیکول، با پسرهای ناباب رفت و آمد می‌کند و
مدام مشاجره دارند.

یک روز عصر، مهدی من را دعوت کرد که با صاحب
خانه‌اش آشنا شوم و هم می‌خواست خطاطی‌هاش را نشانم
دهد. از در که رفتم تو، اول مهدی نبود داشت آقای سوهی
را حمام می‌کرد. و وقتی آمدند بیرون با چه سختی و
مکافاتی آقای سوهی را کشاند و نشاند روی صندلی
چرخ‌دار. آقای سوهی هم به زبان خودش دعاش می‌کرد.
مهدی خیس عرق بود، موهای مرطوب بلوطی رنگش را
هی با پشت دست می‌زد کنار، من بی‌اختیار می‌خواستم به
آغوشش کشم. نمی‌دانم فهمید یا نه اما او هم همان‌طور
بالای پله‌ها بی‌حرکت، چون بتی عیّار ایستاده بود و من را
نگاه می‌کرد.

خودم می‌فهمیدم، بیشتـر شـور و شـوق بـود تـا تمنّای
هم‌آغوشی. شوقِ پر و بال زدن در هوای دوست، بیشتر آدم
را درمانده می‌کند...

رفتیم زیرزمین، یـک دالان طـوری تـاریـک بـود کـه مهـدی
خودش اتاق کار و نشیمن و گوشه‌ای را هم آشپزخانه درست
کرده بود. از تمیزی برق می‌زد همه جا و نوری مهتابی مانند
از پنجره‌های کوچک به درون می‌تابید. و یک ردیف گلدان
تر و تازه‌ی بگونیا که مثل شـب‌چراغ نور می‌پراکندند. انگار
آن زیرزمین به من تعلق داشت. خانه‌ی امن و امان من بود.
دلم می‌خواست تا ابد آنجا بمانم و کسی هم نداند و خبری
از من نباشد. مهدی حالم را فهمید و در سکوت، من را به
حال خود گذاشت و رفت تا چای دم کند.

گوشـه‌ی میز کارش، دو کتاب جلد شـده بـود. شـرق انـدوه
سـهراب سـپهری و اولین چاپ ترجمه‌ی ناطور دشـت.
کتاب‌هـا را دسـت گرفتم، مهدی آن‌ها را صـحافی و جلد
کرده بود. بی‌درنگ، جملهی به یادماندنی سـهراب در
ذهن‌ام نقش بست : ایران مادرهای خوب دارد و روشنفکران
بد...

با خوشـحالی و لبخندی وسیع گفتم سالینجر می‌خوانی؟ با
بغض گفت این‌ها تنها یادگاری از مرتضی‌ست، کتاب‌هایی
که همیشه باهاش بودند و ازشان حرف می‌زد...
وقتی ورق زدم دیدم تمام صفحه‌ها کنارش ریز و خوش‌خط
یادداشـت‌های مرتضی بود و آخر کتاب هم دو صـفحه‌ای

نوشـته بود. داشـتم می‌خواندم مهدی گفت : با خودت ببر،
بعد ازت می‌گیرم. گفت تنها رمانی‌ست که خوانده. از آن به
بعد من و مهدی هر وقت با هم بودیم، مرتضی و سـالینجر
و هولدن هم بودند و ما در عیشـی مدام، در زیبایی و لطف
و فقدان تکثیر می‌شدیم...

مهدی گفته بود خطاطی می‌کند، نمی‌دانسـتم انقدر حرفه‌ای.
نقاشی‌خط بود و یکی را آماده و قاب کرده بود برای هدیه به
من. اسـم من و مسـیح را نوشـته بود، انحنای ح را در بُعد
نشـان می‌داد که در اسـم مریم کوچک و کوچک‌تر می‌شـد و
میم و ر مریم، شده بود آغوش مسیح.
خطاطی‌هایی هم بود مثل اگر غم لشـکر انگیزد. و همین
طور که ورق می‌زد و نگاه می‌کردم چشـمم افتاد به اسـم زهره
که زود آن برگ را زد زیر، اما دیدم که حلقه‌های حروف
زهره، شـکیل و هماهنگ در هم ادغام شـده بودند، شـکل
جامی لبالب از می...

خانم سـوهی، شـکل زن‌های سـیاه‌پوست توی مترو بود که
نگاه‌شـان مات و خطوط صورت‌شـان ویران اسـت. و انگار
زیر مشـت و لگد بوده از خسـتگی. کلی از مهدی و آقایی‌اش
تعریف کرد و وقتی فهمید من مـددکارم و دامی‌یـار را هم
می‌شناسم، دست به دامن من شد که حتما با دامی‌یار حرف

بزنم. بعد زد زیر گریه گفت نیکول حامله است و هق‌هق‌اش
تمامی نداشت...

گفتم ولی نیکول و دامی‌یار این اواخر دیگر دوست نبودند.
مهدی، خانم سوهی را آرام کرد. و آرام آرام حالی او کرد که
دامی‌یار با پسـر من، مدتی است غیب‌شـان زده که خانم
سوهی این بار غش کرد...

پرسـیدم نیکول چند ماهش است و داشتـم به کورتاژ فکر
می‌کردم که مهدی گفت همه‌ی اهل خانه با سـقط جنین
مخالف‌اند. وقتی این را گفت توی صـداش مهر بود انگار
همان وقت نوزاد را در آغوش گرفته بود.

با نیکول که تازه هجده سـالش شـده بود، حرف زدم گفتم
یادم است دامی‌یار گفته بود تو دیگر نخواسـتی او را ببینی.
نیکول از بی‌اعتنـایی، بی‌پولی و رفتـار عجیب و فرمول
نویسـی دامی‌یار گفت و گفت مطمئن اسـت که بچه مال
دامی‌یار است.

نیکول آیت زیبایی بود، پوسـتش شـکلاتی، موهاش مثل
آبشار فرفری به تناوب تاب می‌خورد اطراف صورت و گردن
بلند خوش تراشش. پیشانی بلندش، چشـم‌های خمارش را
به تماشـا گذاشـته بود و هیکلش را انگار چون لعبتکی
تراشیده بودند. خودش از زیباییش خبر داشت و می‌خواست
به کمک دوست پسرش که عکاس حرفه‌ای بود، مدل شود.

در اعتقادات خانواده‌ی سوهی، سقط جنین قتل حساب می‌شد نیکول راضی شده بود بچه را کورتاژ نکند اما می‌گفت نمی‌تواند بچه‌داری کند چون می‌خواهد مدل شود. وقتی نیکول این‌ها را می‌گفت، آقای سوهی دستش را گرفته بود جلوی صورتش و آرام گریه می‌کرد.

نیکول هم آرزوها و دلایل خودش را داشت، گفته بود که به زودی مطرح و موفق و پول‌دار می‌شود و خانواده را از سختی و تنگنا نجات خواهد داد.

مهدی دیده بود نیکول با یکی شبیه نره غول بیابان دوست است و خواهر نیکول گفته بود؛ قرار است تا آخر امسال ازدواج کنند. مهدی می‌گفت خدا به این‌ها و نیکول رحم کند نره غول، مدام چشم‌هاش کاسه‌ی خون و نشئه‌ست. با همه‌ی این‌ها، نره غول گفته بوده بچه را می‌پذیرد و به خانواده‌اش می‌سپارد.

نگاه گیج و حرف زدن بلاتکلیف نیکول، من را یاد خودم می‌انداخت وقتی مسیح را حامله بودم.

من رفته بودم که سر نخی از دامی‌یار پیدا کنم تا شاید دستم به جایی برسد بتوانم از آن طریق دنبال مسیح بگردم اما میان کلافی سر در گم، گره خورده بودم. و این کلاف هی بیشتر و بیشتر توی هم می‌پیچید؛ این طور که مهدی گفت

هنگام تمرین و مشـق انگلیسـی با خواهر بزرگتر نیکول؛ راشل حالا عاشق مهدی شده بود...

البته که این طبیعی بود. همه عاشـق مهدی بودند چه زن چه مرد، چه پیر چه جوان، از همکارم بگیر تا دیگر کارمندان که مهدی ماشینشان را تعمیر میکرد تا خانم سوهی که مهدی خانهاش را نو نوار کرده بود تا آقای سـوهی که مهدی بذار وردار و حمامش میکرد تا حتما بچهی نیکول، چون مهدی دستهاش راگذاشـته بوده روی شـکم نیکول و برای بچه ذکر گفتـه و دعـا کرده بود. همـهی این کـارهـا را هم بـا گشـادهرویی، با ظرافت و بیمنّت انجام میداد و وقتی آدم میخواست ازش قدردانی کند، غیب میشد.

روزهای اول، وقتی مهدی از وضـعیت و شـرایط خانوادهاش گفت و اجبار برای وصـلت با زن برادر شـهیدش، من پر از خشــم شــدم و بیزاری از مذهب و ناموس خانواده و دنبالههایش.

اما رفتهرفته هر چه به مهدی نزدیک میشـدم تمام وجودم میخواست او را برای خودم محکم نگه دارم، برای همیشه. مثل روز برایم روشن بود اگر مسیح مدتی با مهدی میبود و مثلا مهدی او را با خودش میبرد سـر کار، مسـیح دلهره و اضـطرابش خوب خوب میشـد. یعنی هر لحظهای که با

مهدی می‌گذشت، سامان‌بخش بود. آرامش بود و لطف بود و صفای زندگی...

بی‌اختیار به پدر و مادر مهدی فکر می‌کردم که دختربچه‌های بی‌پدر فرزند شهیدشان جلو رویشان است، مذهب و ناموس به کنار و به خاله‌اش فکر می‌کردم خودم را می‌گذاشتم جای او و دخترش زهره، طبیعی بود که این‌ها بخواهند مهدی میان خودشان باشد، پدر سمیّه و سمانه باشد....

شخصیت مهدی، بی‌کم و کاست مثل شخصیت ژوزف کِنِشت در رمانی از هرمان هسه بود، شخصیتی که از خودخواهی کاملا رسته و در خدمت‌گزاری‌ست که وجودش معنی پیدا می‌کند. در حضور مهدی مثل حضور ژوزف کنشت، هر لحظه و هر چیز پیش‌پا افتاده‌ای درخشش خاصی می‌یافت، همه‌ی وجودش را با وجود آدم هماهنگ می‌ساخت و انگار در دنیا هیچ کاری ندارد، به جز خودسپاری به آن لحظه‌ی درک و دریافت دیگری...

رمان را داده بودم بخواند و نرم نرمک داشتم با لحن و کلام هسه با او سخن می‌گفتم تا ژوزف کنشتِ خفته در وجودش بیدار شود تا رسالت خود را بپذیرد و بداند که چه مأموریتی در انتظار اوست.

رمان را پس‌آورد، گفت هنگام خواندن تمرکزش به هم می‌خورد و نمی‌تواند بخواند اما از من خواست بخش به بخش برایش روایت کنم.

وقت روایت... شگفت مانده بودم، خود نویسنده هم مشتاق و مشوّق بین ما بود، دلیر می‌راند با دلی مطمئن و شوق من دامن می‌گرفت، چنان ژوزف کنشت را احضار کرده بودیم که گویی در ما حلول کرده بود.

وقت روایت... خودم شگفت مانده بودم از دم و بازدم کلام که چنان جان می‌گرفت، به جادوی وصل می‌مانست، به استحاله، به از این به آن. امواج بلند اندیشه در کشاکش کلام، در هم می‌شکستند و بلندتر باز سر می‌کشیدند. گاه مهدی بی‌قرار می‌شد، گاه دیگر نمی‌کشید، می‌گفت: برم قدمی بزنم...

بعد از روایت رمان و گفت و شنودها، مهدی راحت‌تر از زهره و سمیه و سمانه حرف می‌زد.

می‌دانستم دیده بودم مهدی قرص می‌خورد، می‌دانستم هنوز دکتر می‌رود و ناتوان است. در فکر بودم کمکش کنم. در فکر بودم فاصله‌ها را بردارم، فاصله‌ی محرم و نامحرمی و درّه‌های ترسناک شرم و آبرو و غرور را با قانون خویش بپیمایم. در فکر بودم در آغوشش کشم، در فکر بودم و با خود می‌گفتم شاید فرجی حاصل شد...

شـهاب‌سـنگ از مهدی خواسـته بود که با او به زادگاهش وینی‌پگ، برود تا به آشـپزخانه و سـالن غذاخوری در اقامت‌گاه بومیان، سر و سامانی بدهد. من را هم دعوت کرد که در مراسـم سرودخوانی و پایکوبی دور آتش شرکت کنم. گفت شما مهمان درخت تناور هستید.

سـفری پنج شش روزه با مهدی و شهاب‌سنگ، من دیگر چه می‌خواستم از دنیا...

وقتی کنار این‌ها بودم مطمئن بودم مسـیح می‌آید، چنان مطمئن که انگار مسیح اصلا نرفته بوده است... مولوی که سـرک می‌کشـید، بی‌طاقت می‌شـدم تا غوغای درونم را آرام آرام مثل رقص زیر باران تابستان، سر و دست افشانی کنم...

مرغان هوایی را بازان خدایی را

از غیب به دست آرم بی‌صنعت و بی‌حیلت

اما دو دل بودم، پیش خود می‌گفتم شـاید مسیح که می‌داند شـب خانه هستم تلفن کند. در فکر بودم به مسیح بگویم به دامی‌یار بگوید بچه‌اش در راه است...

مهدی فهمید دارم دوپاره می‌شـوم که هم با آن‌ها باشـم هم دلم پیش مسیح شـاید که تلفنی بزند؛ به خانم سوهی گفت و راشـــل را راضـــی کردند، بیاید خانه‌ی من بماند تا ما برگردیم. و پیام‌ها را به مسیح و دامی‌یار برساند.

وقتی داشتم خانه و وسایل را به راشل نشان می‌دادم که چی
کجاست و می‌گفتم که راحت باشد، دلم براش سوخت،
نگاهش داد می‌زد که می‌خواست با ما بیاید.
ما هر چقدر هم سعی کنیم که خودخواه نباشیم و دل کسی
را نشکنیم اما انگار گریزناپذیر است. کو تا آدم
گریزناپذیری‌ها را بفهمد. وقتی آدم اضطرار و درماندگی
خودش را فهمید، گریزناپذیری‌های دیگری را هم درک
می‌کند آن وقت است که داوری و حکم صادر کردن عقب
می‌نشیند...

آفتاب نزده راه افتادیم یک شبانه روز راه بود تا وینی‌پگ.
قرار شد بکوب برویم و مهدی و شهاب‌سنگ جا عوض
کنند برای رانندگی. اما چنین نشد در گپ و گفت‌ها، در
میان روایت‌های دردناک شهاب‌سنگ، باید می‌ایستادیم تا
خودمان را با حجم درد و وحشت از آن چه می‌شنیدیم،
سبک کنیم هر کدام به طرفی برویم، کنار برکه‌ای خلوت کنیم
و یا پا به شن‌زاری بکوبیم تا در باور و ناباوری که آدمی تا
چه حد قادر است در مقام و جایگاه کشیش و خواهرمقدس،
ویران‌گر و فاسد باشد.

شهاب‌سنگ از قبل به من و مهدی گفته بود که در راه،
نرسیده به وینی‌پگ از عمارت به جا مانده از مدرسه‌ی
شبانه‌روزی کاتولیک دیدن می‌کنیم، مدرسه‌ای که والدینش

در آن جا مثل هزاران کودکان بومی، نگه‌داری و شـــکنجه‌ی دائمی شـــــدند و گفت از مزار نینو، دیدن و ادای احترام می‌کنیم.

واکان تانکا نینو، کودک ده سـالـه‌ای که در مدرسـه‌ی شبانه‌روزی کاتولیک به طرز شنیعی کشته شد. نینو در حالی که سر به آستان شمایل بر صلیب بلند کرده بود و سرود ای پدر ما... را می‌خوانده، جان‌باخته و روح معصـومش در آسـمان انعکاس یافته و در حال رفت و برگشـت است. از همان زمان، شمن‌ها سینه به سینه نقل کرده‌اند که روح نینو، هنگام سرودخوانی و پایکوبی برمی‌گردد و اگر ما او را صدا کنیم و شفاعت بجوییم؛ ما را بشارت می‌دهد.

با دانش و باورهای امروزی، می‌دانیم طلب شـفاعت و امید به دریافت بشارت بی‌معنی‌ست...
"روزها در راه" را که می‌خواندم و رسـیده بود به اواخر جلد دوم و من دیگر نمی‌خواسـتم از جـذبـه‌هـای پر لطف و رنج‌های نویسـنده جدا شـوم، آن مرد شـریف خردمند و سرشار از دانش امروزی، بارها از پای درمی‌آید و می‌غلتد به دامان شفاعت و طلب بشارت : در بی‌چارگی، امید یاری از غیب هرگز انسان را رها نکرده است...

هوا تاریک روشن بود، قهوه‌ی دبشی خوردیم و راه افتادیم. در جاده که افتادیم، درخت‌ها سیاه سیاه به چشم می‌آمدند تا کم‌کم نور و رنگ و روشنایی پدیدار شد. در کانادا از هر کجا که سفر کنی، جاده‌ها و چشم‌اندازها مثل هم‌اند. اگر نیم ساعت در قطار یا ماشین خوابت ببرد بعد چشم بگشایی باز چشم‌انداز همان است که نیم ساعت پیش بود. درختان همه بلند، سر به فلک کشیده و استوارند. کاج و بلوط و سرو و صنوبر. خاصه فصل پاییز، زیبایی و شکوه غیر قابل وصفی دارد. زردها، ارغوانی‌ها، سرخ‌های آتشین که انگار در میان درختان، شعله‌ای گر کشیده به بالا. و وزشی مدام و آرام با برگ‌ها انگار به پچپچه. گاه این وزش، شولای باد می‌شود می‌پیچد به بر و بالای درختان انگار میان برگ‌ها و شاخه‌ها دل‌شوره می‌افتد. در این وقت، من بیش از حد بی‌تاب می‌شوم یاد بدبختی‌هایم می‌افتم، شولای باد و شاخه‌های لرزان، بدبختی‌هایم را بازتاب می‌دهند...

در هر سفر و گذری، در گذران درخت‌ها و چشم‌اندازهای یک‌سان، من یاد جاده‌ها و سرزمین متنوع خودمان می‌افتم، تپه‌ماهورهای سرسبز، کوه‌ها و کوه‌پایه‌ها با سنگ‌واره‌های رنگانگ. رنگ گل رس تا آبی کبود که گاه به بنفش می‌زند و صخره‌های عظیمش و زیبایی اثیری‌اش و بیشتر دلتنگ می‌شوم. دلتنگ دلتنگ برای دماوند...

از کی چشم به آن گردانده‌ام، حافظه شکل خوش‌ترکیب و شکوهش را حفظ کرده. بلندای سپیدش، کبودی برهنه و سرسخت‌اش و آرام آرام حس ژرف تنهایی را و این ترکیبِ خوشِ آبی و سپید و کبود که پیدا و ناپیدا و دورِ دور است. دور از پلیدی، بلندتر از تمدن، تنهاتر از خدا...

مهدی یاد جاده‌ی چالوس کرده بود. ما داشتیم به شهاب‌سنگ پز می‌دادیم، از جاده‌ها و گذرگاه‌های متنوع و زیبای وطن‌مان می‌گفتیم. شهاب‌سنگ با لبخندی می‌پذیرفت اما یکهو فرمان را رها کرد تا با دست‌هاش نشان دهد و از وسعت رودهای زلال مملو از ماهی، از دریا و دریاچه‌های سرزمین خودشان و شکوه ترسناک زمستان‌ها، سورتمه سواری و چالشی سترگ در برابر کوه پشته‌های برف برایمان گفت.

بعد سکوت کرد تا بتواند خاطره‌ای از پدرش نقل کند. این سکوت و نجابت و وقار، از تحمّل و پایداری در وضعیت‌های طاقت‌فرسا می‌آید. شهاب‌سنگ وقتی هم حرف می‌زد، بخشی از سکوتش را با خود داشت...

نقل پدرش این بود که :

ما همیشه گرسنه بودیم. در سالن غذاخوری، ما ردیف پایین می‌نشستیم و خواهران مقدس و معلم‌ها یعنی کشیش‌ها، ردیف بالا می‌نشستند. صبح‌ها بیکن سرخ کرده و نیمرو

برایشان سرو می‌شد. بوی بیکن، ما را گرسنه‌تر می‌کرد به ما فقط حلیم می‌دادند. خوردن حلیم که نرم بود ما را به استفراغ می‌انداخت و راهبه‌ها ما را مجبور می‌کردند استفراغ خود را بخوریم. و وقتی تنبیه می‌شدیم نباید سوال می‌کردیم که چرا و نباید گریه می‌کردیم، گریه فقط وقتی تنهای تنها بودیم می‌توانستیم گریه کنیم و بچه‌های بزرگ‌تر را نمی‌گذاشتند که کوچک‌ترها را آرام کنند.

یک روز که خواهرها و پدرها، جلسه و مهمان دولتی داشتند و این جلسه‌ها ساعت‌ها طول می‌کشید، یکی از بچه‌های بزرگ‌تر توانست در اصلی را باز کند، ما به سرعت و شادی کنان رفتیم بیرون و زدیم به رودخانه. هنوز تابستان نشده بود، رودخانه پر زور بود و سرد اما بچه‌ها چنان از خود بی‌خود شده بودند که سرما و شلاق و تنبیه را به جان خریدند. بچه‌ها با دست ماهی می‌گرفتند و به هم نشان می‌دادند و یاد پدران خود می‌کردند و شیوه‌های گرفتن ماهی با دست را. اما ما نمی‌توانستیم صید خود را با خود به مدرسه ببریم، پس از گرفتن و بوسیدن ماهی بارها و بارها، آن را رها می‌کردیم. وقت برگشتن دست‌های ما بوی ماهی می‌داد، ما همه دست‌هایمان را که یادآور بوی پدران‌مان بود به صورت‌مان گذاشته بودیم و نفس‌های عمیق می‌کشیدیم. اما شادی و شکوه آن روز، فقط برای تن به رودخانه زدن و لمس ماهی‌های نقره‌ای نبود، ما آزادی را با گوشت و پوست

خود حس کردیم و آن لحظه‌های با شکوه رهایی را در قلب‌های کوچک‌مان ذخیره کردیم.

بعد مهدی می‌خواست بیشتر بداند که چرا والدین شهاب‌سنگ الکلی‌اند و چرا او نمی‌تواند کمک‌شان کند و چرا او را از کودکی به خانواده‌ی دیگر سپرده‌اند. شهاب‌سنگ فشرده و کوتاه گفت که کابوس و وحشت‌های دوران کودکی در مدرسه‌ی شبانه روزی، دورانی که سفیدها می‌خواستند آن‌ها دیگر وحشی و سرخ‌پوست نباشند؛ رهایشان نمی‌کند، الکل کابوس‌هایشان را دور می‌کند.
بعد رفت پشت ماشین تا جوشانده درست کند و همان طور که در سکوتی بغض‌آلود، شربت‌های ما را هم می‌زد و می‌داد دست‌مان، شکیبایی و محبتش میان ما منتشر بود.
بعد یکهو باد پیچید لابه لای درختان و سرشاخه‌ها می‌لرزیدند، دل‌شوره و دلتنگی و نگرانی‌هایم برای مسیح و بدبختی‌هایم در دلم می‌لرزیدند. یکهو به دلم افتاد نکند شهاب‌سنگ، مسیح را پیدا کرده و برده باشد به سرزمین‌های خودشان...

از نیمه شب گذشته بود، شهاب‌سنگ داشت رانندگی می‌کرد. نیم ساعتی بود جا عوض کرده بودند و مهدی خوابش برده بود، ناگهان سرش را این‌طرف آن‌طرف تکان تکان داد، در خواب داد کشید: مرتضی مرتضی برگرد... و

بیدار شد و گیج و منگ ما را نگاه کرد. بد جور داد کشید،
بلند و دردناک از ته جگر. شهاب‌سنگ زد کنار. مهدی
پیشانیش را مالید و گفت طوری نیست.
شهاب‌سنگ، پیچید در جاده‌ای فرعی و توقف کرد بعد
فانوس کوچکی روشن کرد، رو به مهدی گفت تعریف کن.
اشک در چشم‌ها و لابه‌لای مژه‌های مهدی برق می‌زد، به
من اشاره کرد گفت تو بگو...

ما به راز طولانی کردن وقت دست یافته بودیم، به هم
فرصت می‌دادیم و در این فرصت، ضرورت و اولویت
دیگری اولویت ما می‌شد، جان دردمندمان به هم می‌پیوست
و در هم می‌شکست تا گرانیگاه کابوس‌هایمان را مرهم
باشیم. حلقه زدیم دور فانوس، سرهایمان به هم نزدیک،
نفس‌هایمان به شماره. شعاع نور فانوس، ما را به هم
نزدیک‌تر کرده بود انگار دایره‌ای نورانی، ما هر سه را با هم
در آغوش گرفته بود...
من روایت‌های مهدی را شرحه شرحه نوشته بودم.
می‌دانستم مرتضی، رفیق دوران دبیرستان و دوست
جان‌جانی مهدی بود.

... گردان ابوذر بمباران شده بود و روی زمین سوخته،
بدن‌ها و دست‌ها و پاهای قطع شده، پرت و پلا شده بودند.
وقتی رفتیم برای شناسایی، چند نفر که جلوتر بودند قطعه

قطعه شـــدند چون عراقی‌ها همه جا را مین گذاری کرده
بودند. ارتشـــی‌ها گفتند باید ســریع عقب‌نشـــینی کنیم. اما
فرمانده‌ی گردان بسیجی‌ها، داوطلب خواست برای مین‌یابی
و خنثی کردن مین و در این وقت، زیارت عاشـــورا خواندند
و حال و هوای کربلا زنده شد، بسیجی‌ها پرپر می‌زدند تا در
کنار رودخانه‌ی فرات در رکاب سیدالشهدا و اصـــحابش
باشـــند. بچه‌ها به ســجده افتادند و گریه امان نمی‌داد و بعد
همه در حال نوشـــتن وصیت بودند. فرمانده در بلندگو
می‌گفت: کسانی را می‌خواهیم که سینه خیز بروند زیر تانک
دشـــمن، نارنجک منفجر کنند کسانی که مثل بدن‌های
علی‌اکبر و ابوالفضل... محشری به پا شد که صدای گریه
تمام دشـــت را پر کرده بود. وقتی پسـرهای نوجوان راهی
شـــدند، مرتضی که در خدمات توپخانه بود، بی‌قرار به جلو
دوید که جلوی بچه‌ها را بگیرد، همه با هم روی هوا تکه
تکه شدند...

شـهاب‌سنگ از طریق هم‌کارانم و دیگر پناهنده‌ها در جریان
جنگ ایران و عراق بود. و برای آن‌هایی که از جنگ گریخته
و در وحشـــت به ســر می‌بردند، جوشـــانده درست می‌کرد.
بارها دیده بودم، سرانگشتانش را می‌گذاشت وسط پیشانی
پناهنده، با حضـــور و با تمرکز ورد می‌خواند و بعد لیوان
جوشـــانده را با اطوار خاص خودش هم می‌زد. حالا در

کافه‌ای کنار جاده، دستش روی پیشانی مهدی بود و داشت
ورد می‌خواند و مردم ما را بربر نگاه می‌کردند.

شفابخشی جوشانده را نمی‌دانم اما می‌دانم آرامش‌بخش بود
و این که سرانگشتانش را می‌گذاشت روی پیشانی وسط
ابروها، این نزدیکی و تماس و تمرکز و طلب شفا، تأثیر
شگرفی داشت انگار پنهانی یکی نقب بزند به زخم‌های رو
نگرفته، انگار یکی بوسه باران کند تاول‌ها را...

گفت کمی دیگر می‌رسیم به عمارت مدرسه. قرار شد برویم
به جایگاه نینو و ادای احترام کنیم. هم‌کلاسی او که بعدها
نقاش چیره‌دستی شده بود و از او خاطره داشته، چند طرح
از نینو کشیده بود. چندی پیش نقاشی‌ها را در آن جا نصب
کرده بودند.

طرح‌ها و نقاشی‌ها از نینو، شکل فرشته‌ها در نقاشی‌های
کلاسیک بود اما با بال‌های خونین...

و این طور که هم‌کلاسی‌های نینو روایت کرده بودند و
دوست نزدیک نینو که تخت‌هایشان کنار هم بوده،
خاطراتش را نوشته و نقل دربان سیاه‌پوست مدرسه که از
دریچه‌ی مخفی اتاقک مطالعه شاهد بوده و این طور که
دیگر شمن‌ها سینه به سینه، جان باختن جسمانی و پرواز
روحانی روح نینو را روایت کرده‌اند:

آوازه‌ی رفتار خشــونت‌آمیز بـا کودکـان بومی در مـدارس مسـکونی کاتولیک کانادا، به کلیســای جامع وست‌مینســتر انگلسـتان رسـیده بود، مجمع عمومی انتخابات کلیسا، پدر آنتونی را که به نفوذ در دل‌ها شــهرت داشــت به مدرسـه‌ی کاتولیک در وینی‌پگ، فرستادند.

پدر آنتونی در آستانه‌ی هفتاد سالگی، کشیشی بلند قامت و تنومند بود با لبخندی از مرحمت در چهره‌ی گل‌گونش. و در جوانی، چند سـالی در میان بومیان امریکا زندگی کرده بود و به زبان آپاچی و داکوتا و چندی از قبیله‌ها و آیین‌هایشــان آشنایی داشت.

پدر آنتونی به محض ورود، تخته چوب‌های دســته‌داری را که خواهران مقدس از آن برای تنبیه کودکان اسـتفاده می‌کردند، در آتش بخاری انداخت و دوختن لـب‌هـای کودکان را محکوم و ممنوع کرد. بچه‌های بومی، فقط روز کریســمس اجازه داشتند به زبان خودشان حرف بزنند. بعضــی از بچه‌های بزرگ‌تر، مقاومت می‌کردند تا انگلیسـی حرف نزنند. راهبه‌ی سـالمندی که به اســم خواهر آهنین شهرت داشت، کودکانی را که به زبان بومی خودشان حرف می‌زدند، لب‌هایشـان را می‌دوخت. بین پدر آنتونی و خواهر آهنین، مشــاجره‌ای درگرفت و خواهر آهنین، کینه‌ی پدر آنتونی را به دل گرفت.

واکان تانکا نینو، مثل همه‌ی بچه‌ها که از پنج سالگی پلیس
کانادا دنبالشان بود، فرار می‌کرد و به کمک مادر بزرگش در
شکاف و میان درختی کهن‌سال پنهان می‌شد. پلیس کانادا
وظیفه داشت، کودکان بومی را شکار کند و به مدرسه‌ی
کاتولیک ببرد. تا این که پلیس، مخفی‌گاه نینو را که حالا ده
ساله شده بود پیدا کرد و بعد از دو شبانه روز فرار و گریز،
او را با ضرب و شتم دستگیر و با سر و صورتی خون‌آلود به
مدرسه بردند.

در بدو ورود به مدرسه، اول موهای بلند بچه‌ها را قیچی
می‌کردند و بعد در وان آب داغ با مواد ضدعفونی آن‌ها را
می‌شستند. بچه‌ها از آب داغ و شیوه‌ی خشن شستشو و
پودری که به سراپایشان می‌پاشیدند، فریادهای دل‌خراش
می‌کشیدند. هنگام قیچی کردن موها، نینو سخت تقلا و
سپس با داد و فریاد، فرار می‌کند و در راه‌پله‌ها با شتاب با
پدر آنتونی برخورد می‌کند. پدر آنتونی، سر و روی خونین او
را که می‌بیند، دستور می‌دهد که نینو را کاریش نداشته
باشند. نینو هق‌هق کنان پرسیده بود که مگر پدر یا مادرم
مرده‌اند؟ پدر آنتونی چند کلمه‌ای از حرف‌های نینو را
می‌فهمد و به زبانی که نزدیک به زبان قبیله‌ی نینو بوده به او
توضیح می‌دهد که پدر و مادرش نمرده‌اند، این قانون
مدرسه برای نظافت است. و خودش دست و صورت نینو

را با آب ولرم شسـتشـو می‌دهد و مرهم می‌گذارد و نینو را
راضی می‌کند که موهایش را کوتاه کند.
نینو چون تا ده سالگی آزاد بوده و مثل بچه‌های دیگر در پنج
شـش سـالگی به دام نیفتاده بود، اندامی کشـیده و رفتاری
چست و چالاک داشت.

روزهای بعد هم خود پدر آنتونی زخم‌های نینو را پانسـمان
می‌کرده و بعدتر از نینو می‌خواهد که او دفترش را گردگیری
و تمیز کند که با اعتراض خواهر آهنین روبرو می‌شود.
نینو از سنش بزرگتر به نظر می‌آمد و بدن ورزیده‌ای داشت،
با پدربزرگش اسب سـواری می‌کرده و با پدرش ماهیگیری.
چشـم‌های‌کشیده‌ی بادامی و صورت ظریف استخوانیش با
لب‌های گوشـت‌آلویش در تضـاد بود و چهره‌ی شـاداب
دخترانه‌ای داشـت. بعد از مرهم گذاشـتن به زخم‌ها، پدر
آنتونی به بدن نینو دسـت می‌کشید به شانه‌ها و کشـاله‌های
ران و بـدن خودش را به بـدن نینو نزدیک‌تر می‌کرد. پـدر
آنتونی کـه همیشـه سـراپا بوی گل‌های خوشـبو می‌داد، باز
کشـاله‌های ران را نوازش می‌کرد و در این حال پیچیده در
عطر گل‌ها و دسـت‌های نوازش‌گر، رخوتی سـکرآور به نینو
دسـت می‌داد به طوری‌که خود را در اختیار دسـت‌های پدر
قرار می‌داد. روزها و شـب‌های بعدتر، پدر به بدن برهنه‌ی
نینو دست می‌کشید با ظرافت و محبت و رفته‌رفته، دست‌ها
و دهان نینو را با بدن خودش آشـنا می‌کرد. بعد از کسـب

لذت و سرریز شهوت، پدر آنتونی ارگ می‌نواخت و نواختن ارگ را به نینو هم آموخت. نینو چنان استعدادی نشان داد که همه را شگفت‌زده کرد و یکشنبه‌ها سرود نیایش با همنوانی نینو نواخته می‌شد. یکی دو یکشنبه که پدر آنتونی کسالت داشت، نینو سرود نیایش را به تنهایی خواند و نواخت.

یک سالی رابطه‌ی مغازله و نوازش، در دفتر پدر آنتونی و اتاق مطالعه ادامه داشت. و هنگام سرمستی و سرریز شدن شور و شهوت، پدر آنتونی چند برگ تازه‌ی کاج در آتش بخاری می‌انداخته، نینو از لذت نوازش و جرقه زدن برگ‌های کاج در آتش، برای رفیقش گفته بود و وقتی به رختخواب خودش برمی‌گشت، آغشته بود به بوی خوش پدر آنتونی و آکنده از بوی برگ‌های ترد و سبز کاج در آتش گداخته...

یک شب هنگام مغازله و سرمستی از نوازش بدن‌های یکدیگر، قلب پدر آنتونی می‌گیرد و نینو با ترس و وحشت به دنبال کمک می‌دود که پشت در بسته، خواهر آهنین را می‌بیند و کمک می‌خواهد.

بار سوم که قلب پدر آنتونی گرفت، نفس‌اش بند آمد و در حالی که نینو را در آغوش خود می‌فشرد، چشم‌هاش افتاد به طاق...

بعد از مرگ پدر آنتونی، خواهر آهنین، نینو را در ســیاه‌چال زندانی کرد. نینو هم مثل دیگر بچه‌ها از گرسنگی، تشنگی و ســرما و رطوبت، ســخت مریض شــد. خیلی از بچه‌ها که بعدها اســکلت‌هایشان زیر عمارت مدرســه پیدا شــد، در همین سیاه‌چال جان باخته بودند.

تا این‌که پدر توماس، جانشین پدر آنتونی به مدرسه می‌آید. طبق گزارش‌ها و روایت‌ها، پدر توماس مردی جوان و خپله بود آنقدر جوان بود که نمی‌شد بهش گفت پدر. انگار اصلا گردن نداشــت وقتی می‌خواســت اطراف را نگاه کند، بالاتنه‌اش می‌چرخید و صــدای نکره و هیبتی ترسـناک داشت.

پدر توماس روز یکشــنبه ســراغ نینو را برای نواختن ارگ می‌گیرد که شــرح تنبیه و زندانی شدن او را می‌شنود. خواهر آهنین مجبور می‌شود نینو را از سیاه‌چال درآورد. پدر توماس از نینو دیدن می‌کند. و اظهار می‌دارد که از طریق نامه‌ها و ســفارش‌های پدر آنتونی، نینو را خوب می‌شـناسـد. نینو واکنش سرد و قهرآمیزی به پدر توماس نشان می‌دهد و اسم پدر آنتونی که می‌آید به هق‌هق می‌افتد.

شنبه‌ی بعد هنگام تمرین نواختن ارگ برای روز یکشنبه، پدر توماس نینو را میان پاهای برهنه‌ی خود می‌نشاند، نینو دســتش را محکم کنار می‌زند و باز پدر توماس که به

نفس‌نفس افتاده بوده چنگ می‌زند یقه‌ی نینو را می‌گیرد و می‌گوید به گوشش رسیده که بین او و پدر آنتونی چه گذشته و در حالی که شـلوار نینو را به زور پایین کشـیده بود، به او تجاوز می‌کند و نینو در دم سـیاه و کبود می‌شـود و خود را کشـان‌کشـان تا صلیب و شـمایل می‌کشـاند و در جا جان می‌سپارد. خون در پای صلیب و شمایل حلقه می‌زند...

مدرسـه‌ی مسـکونی کاتولیک در وینی‌پگ را در سـال نود میلادی، منحـل و تخلیه کردند. از عمارت مدرسـه، سـاختمانی متروک با معماری قدیم به جای مانده. مردم گاهی می‌روند برای تماشـا. گاه بومیان سـال‌خورده بیشـتر زنان با هم می‌روند آن جا، یکدیگر را بغل و با هم شـیون می‌کنند.

در حیاط و فضای بیرونی، این‌جا آن‌جا دسته‌گل‌های خشک شـده دیده می‌شـود. والدین، مادربزرگ‌ها و پدربزرگ‌ها که بچه‌ها و نوه‌هایشان از ترس، از ضرب و شتم، از گرسنگی و از بیماری جان باخته‌اند و والدین حتی تا مدت‌ها خبر نداشته‌اند که کودکشـان در بی‌پناهی جان باخته و زیر خاک است، گل و گاه عروسک‌های پارچه‌ای می‌آورند و بر مزاری خیالی، شیون می‌کنند...

نیمکت و سـنگی را آراسـته بودند با نام واکان تانکا نینو. بالای سنگ، شـاهینی با بال‌های خونین حکاکی شده بود.

وقتی ما رسیدیم عده‌ای دیگر هم آمده بودند، مردم محلی و از شهرهای دیگر و یکی دو خبرنگار، عکاس و کنشگر حقوق اقوام نخستین هم آن جا بودند. ما کنار مزار نینو ایستادیم و ادای احترام کردیم. شهاب‌سنگ روی نام نینو دست کشید و نام نینو را بلند ادا کرد و خطبه‌ای را که از رؤسای قبایل و شمن‌ها به او رسیده بود ایراد کرد.

خطبه در کنار سنگ...

ما سرخ‌پوست‌ها قبل از این که برادران سفیدپوست، ما را متمدن کنند، ما با الکل و اعتیاد آشنا نبودیم، این روزها اغلب ما را به دائم‌الخمر می‌شناسند.

ما زندان و زندانی نداشتیم. چادرها و کلبه‌هایمان حصار و قفل نداشت. اگر کسی فقیر بود، وسایل ماهیگیری، گلیم و پتو را از دوستان، اقوام و یا از رئیس قبیله به شکل هدیه دریافت می‌کرد، برای همین دزد هم نداشتیم.

ما پول و ثروت را نمی‌شناختیم، ثروت ما طبیعت بود که برای همه بود. ما مالکیت خصوصی را قبول نداشتیم، زمین مادر ما بود و آسمان پدرمان. ما دور چادرها و مزارع‌مان حصار نمی‌کشیدیم.

قبل از این که سفیدپوست‌ها ما را متمدن کنند؛ ما وکیل و سیاست‌مدار نداشتیم چون به هم کلک نمی‌زدیم و کسی کلاه برداری نمی‌کرد چون نیازی نبود به دست درازی.

رئیس قبیله را قبول داشتیم و به او احترام می‌گذاشتیم او هم تمام قبیله، مثل فرزندانش بودند.
کودکان ما در میان ما امن بودند ما شب‌ها در کنار یکدیگر سعادت‌مند بودیم و با سال‌خوردگان با احترام و عزت رفتار می‌کردیم.
ما هرگز دست به غارت و کشتار یکدیگر نزده‌ایم، زیرا سرزمین برای همه‌گان بود و شکار و صید ماهی برای همه‌گان. از این که برادران سفیدپوست، ما را خشن و وحشی نامیدند معترضیم. از این که در فیلم‌ها، به دروغ نشان دادند که ما به آن‌ها حمله کرده و آن‌ها را کشته‌ایم معترضیم. در واقع آن‌ها به ما حمله می‌کردند، چادرهای ما را به آتش می‌کشیدند و با تیربار و گلوله ما را قتل عام کرده‌اند. و ما فقط نیزه داشتیم تا دفاع کنیم. در رودخانه‌های سنگی آریزونا، زیر سنگ‌ها هنوز اسکلت‌های خانواده‌های در حال فرار از کوچک و بزرگ که به دست شما سفیدپوستان متمدن، به قتل رسیدند دیده می‌شود. چرا؟ چون تمدن شما، تمدن تسخیر و تجاوز است. ما که شما، ما را وحشی می‌نامیدید با طبیعت دوست و هماهنگ بودیم، شما برای تسخیر طبیعت و برای کشتار و انباشت آمدید. هیچ چیز قلب شما را به هیجان نمی‌آورد به جز سودجویی. با زمین و طبیعت چنان کرده‌اید که زندگی آیندگان همه در مخاطره‌ست...

صـــدها کودک در مدارس مســـکونی به دســـت خواهران و پدران مقدس، ســـرنوشـــتی مثل ســـرنوشـــت نینو داشـــته‌اند. کودکانی که پلیس ســـوار شـــما، از خانواده جدایشـــان کرد و کشـــان‌کشـــان به مدرسه برد، تا دیگر وحشی و سرخ‌پوست نباشـــند. ســـرانجام، ما نفهمیدیم چرا ســـفیدها در مدارس کاتولیک تا حدی که ما را شکنجه کردند، اصرار داشتند که ما بدوی نمانیم و متمدن شویم. سرانجام ما نفهمیدیم چرا قانون‌گذاران شما، قوانینی وضع کرده‌اند که هیچ تناسبی با انسان و انسانیت و طبیعت ندارند...

از آن جا که دولت کانادا بارها اظهار ندامت و عذرخواهی کرده، هم‌زمان کنشـــگران حقوق اقوام نخســـتین در آشـــکار کردن جنایت‌های انجام شـــده کوشـــایند و دولت امکانات مادی و معنوی بیشـــتری در اختیار بومیان قرار می‌دهد. اما فاجعه صـــورت گرفته و زخم‌ها چنان عمیق و عفونی اســـت که بهبود نمی‌یابد، قربانیـــان این فجایع، از کـــابوس‌هـــای شـــکنجه‌های ســـازمان یافته، رهایی ندارند و قادر نیســـتند به شکل شایسته و بایسته زندگی کنند و جامعه آماده است که انگ بزنند و بگوید که، پس تقصیر خودشان است...

گل‌های خشـــکیده روی مزارهای خیالی، من و مهدی را یاد دشـــت خاوران انداخت، حکومت هر چه پنهان کرد اما خبرهای کشـــتار در زندان‌ها درز کرد و شـــاهدانی که دیده

بودند، کامیون کامیون که حامل پیکرهای خونین دخترها و پسرهای نوجوان بود، سرازیر در گورهای دسته‌جمعی، کنار یکدیگر در خواب ابدی‌اند...

آیا در آن لحظات آخر، دخترک‌ها و پسرک‌ها، عزیز مادرها و پدرها، آیا قالب تهی کردند؟ آیا مادرشان را صدا کرده‌اند...

هر سه بی‌قرار بودیم. انقدری نمانده بود تا برسیم. مهدی رانندگی می‌کرد آفتاب افتاده بود تو چشم‌هاش، زلالی و زیبایی‌اش تکثیر می‌شد. سکوت شهاب‌سنگ مثل سکوت قله‌ی کوه بود. من باز صدای قلب خودم را می‌شنیدم.

وقتی رسیدیم، درخت تناور را که جلوی ساختمان اقامتگاه ایستاده بود شناختیم. دست‌هایش را به حالت ضربدری بزرگ در هم و بای‌بای می‌کرد. و مرد جوانی که کنارش ایستاده بود من سریع شناختم، برادر پریشان با ذهن ویران بود. پرید بغل شهاب‌سنگ باز گفت کی از مسجد سلیمان آمده‌ای. اما من را با خواهرش عوضی نگرفت فقط زل زده بود. آبی آمده بود زیر پوستش. نگاهش و رفتارش هم آرام شده بود. به من و مهدی گفت بیایید این جا را به شما نشان دهم، من کمک آشپزم.

درخت تناور، زنی بود میان‌سال، قبراق، کمی چاق و لبخندی شیرین داشت. لباس و آرایه‌هاش همه بومی بود و

زیبا بود. و انگار برای او دوخته و ساخته شده بودند. خوش‌آمد گویی‌اش مثل خاله‌ها و عمه‌های خودمان بود و زیر لب انگار قربان صدقه می‌رفت.

ما به سالن غذاخوری راهنمایی شدیم. بوی سوپ ذرت و نان محلی می‌آمد و ما گرسنه بودیم. روی اجاقی بزرگ، سوپ در دیگی حجیم آرام قل می‌زد. روی دیگ نقش عقابی هنرمندانه حک شده بود. در فرهنگ بومیان عقاب، نماد قدرت و برکت است.

من و مهدی سوپ را دوست نداشتیم. مهدی سعی کرد ادای احترام کند و به زور کمی بخورد اما نتوانست. من خودم را با نانی که از اجاق درآمده بود و کره و عسل محلی، خفه کردم. شهاب‌سنگ دو قدح گنده سوپ خورد.

برادر ویران با ذهن پریشان، پذیرایی می‌کرد. داکوتا صداش می‌کردند اسم یک جور پرنده‌ست، یعنی همان کاکلی خودمان. درخت تناور با کاکلی با ایما اشاره خیلی راحت با هم ارتباط برقرار می‌کردند. کاکلی به فارسی حرف می‌زد و درخت تناور وانمود می‌کرد که فهمیده و سر تکان می‌داد. در چهره‌ی صمیمی و در سر تکان دادنش شفقت و شکیبایی، عظمت و شکوهی می‌یافت. این طور که پیدا بود کاکلی، سر و سامان گرفته بود و از دور باطل قوانین و سیستم پناهندگی نجات یافته بود و حالا در سایه‌ی درخت تناور و در خدمت او بود. عصرها هم با پسرهای

شهاب‌سنگ، هاکی بازی می‌کردند و آخر هفته به تماشای مسابقات هاکی می‌رفتند و خیلی خوشش بود.

من دلم می‌خواست کاکلی باز من را جای خواهرش بگیرد و محبوبه صدایم کند، دلم می‌خواست بغل‌اش کنم و اشک شوق بریزم. به مهدی می‌گفت آقای مهندس. مهدی می‌گفت مخلصم.

ما را راهنمایی کردند به اتاق‌هایمان. در راهروها و اتاق‌ها تابلوهای نقاشــی بود خیره‌کننده، انگار از موزه‌ای دیدن می‌کردی. نقاشی‌ها از زندگی از دست رفته‌ی خودشان بود. مزارع، رودخانه‌ها، چادرها، گهواره‌ها، گلیم‌ها، قایق‌ها، اسب‌ها، عقاب‌ها و شمن‌ها. رنگ‌های تند زرد و قرمز و ســیاه که با طیفی از رنگ آبی هماهنگ شــده بودند. شهاب‌سنگ گفت بیشتر تابلوها را این‌هایی که در خوابگاه برای ترک اعتیاد اقامت دارند، طی این ســال‌ها کشیده‌اند. چند تـا تـابلو هم بود کـه اشـــک مرا درآورد. مـادری و مادربزرگی، فرزندان و نوه‌ها را محکم در آغوش به پناه گرفته بودند...

من دل نمی‌کندم از نقاشــی‌ها. شـــهاب‌ســنگ گفت زودتر بخوابیم که فردا از ظهر مراسـم شروع می‌شـود و تا شب که آتش روشـن کنیم، مراسـم پایکوبی ادامه دارد. از توی بالکن دیدم پسرهای شهاب‌سنگ با او کشتی می‌گرفتند، در جا هر دو را ضربه فنی کرد و در حرکات بعدی ضربه فنی شد.

ســاختمان خوابگاه نزدیک رودخانه بود. وقت خواب در
سـکوت، صـدای رود می‌آمد روان و جاری در روح و روان،
پالاینده و آرامش‌بخش. من در دنیای دیگری بودم. سـبک،
رها، بی‌تکلف.

کاکلی از کجا به کجا آمده بود. مهدی از کجا به کجا آمده
بود. مسیح کجای این دنیاست...

مهدی از صبح زود داشت قفسه سوار می‌کرد. وقتی قفسه‌ها
را بالا پایین و دقت می‌کرد، لب پایین‌اش راگاز می‌گرفت و
بعد موهای آشـفته‌اش را با پشـت دسـت از پیشـانی کنار
می‌زد. من دلم می‌خواست تا آخر دنیا تماشایش کنم. کاکلی
کمکش می‌کرد و براش قهوه می‌برد. درخت تناور غذا آماده
می‌کرد، رفتم کمک‌اش. کمی انگلیسـی حرف می‌زد و حرف
زدن من را هم خوب می‌فهمید. دلم می‌خواسـت ســرم را
بگذارم روی سینه‌ی فراخش و زار بزنم...

نزدیک رودخانه، مسـاحتی بزرگ را سـایبان زده بودند و
روی زمین خطوطی دایره‌وار کشـیده بودند. تا نزدیک ظهر،
بومی‌ها چندتا چندتا و گروهی آمدند. و ســه شــمن با
سربندهای آراسته با پرهای عقاب وارد شدند. شهاب‌سنگ
من و مهدی را به شـمن‌ها معرفی کرد. شـمن‌ها به زبان
خودشان ما را سرسلامتی دادند و سربندهای پردار بر سر ما
گذاشـتند. کوبش طبل‌ها شـروع شـده بود. بومی‌ها یکی‌یکی

به میدان می‌آمدند، پایکوبی و سرود خوانی آغاز شد. شهاب‌سنگ با سربند پرهای عقاب، ابهت‌اش دو چندان شده بود.
به ما گفت هر وقت آماده شدید و دلتان خواست به جمع بپیوندید. و گفت شمن‌ها هنگام پایکوبی دور آتش، روح نینو را فرامی‌خوانند.

ریتم کوبش طبل‌ها تند شده بود و خروش آوای یا یاهی یا یاهی یا یاهی یایایا...
سرود Powwow خوانده می‌شد. شب قبل، شهاب‌سنگ متن‌اش را به ما داده بود:

پاوواو، جایی‌ست که قلب‌های ما یکسان و با هم می‌تپد در هماهنگی با طبیعت، در جایی که به آن تعلق داریم. پاوواو، شفاست و روح در آن در آرامش است. شادی خالص است دایره‌ای از زندگی‌ست، جایی که خالق ما و طبیعت، در زمین ناشناخته‌ست اما به ما لبخند می‌زند. پاوواو، جایی‌ست که خانواده و دوستان گرد هم می‌آیند تا خالق را گرامی دارند. زیر تابش خورشید و صفای ماه‌تاب، پاوواو شفا دهنده‌ست، خود را به آن بسپار هماهنگ با جذر و مد دریا و بانگ خروش رودخانه و آبشار. پاوواو، راهی‌ست برای به یاد آوردن نیاکانی که در میان ما نیستند اما همیشه در قلب ما می‌مانند، راهی‌ست برای انعطاف پذیری همراه

با اسـتواری. پاوواو، نان و ذرت در سـفره اسـت. پاوواو،
رقص دور آتش اسـت، صـدای طبل اسـت؛ پر پرواز پرهای
عقاب است، جرنگ جرنگ آذین‌ها و گرگر آتش است...

من و مهدی به هم نگاه نمی‌کردیم که از قیافه‌مان با آن
سـربندها خنده‌مان نگیرد. سـربند من بزرگ بود روی سـرم
بند نمی‌شـد. مهدی از پشـت سر و گردنم محکم‌کاریش کرد
و درست شد. بعد از پشت بغل‌ام کرد و گردنم را بوسید و
گفت از آشنایی‌ت خوشحالم.
لب‌هاش تب‌زده روی پوسـتم شـتاب داشـت، لب‌هاش
ملتهب روی پوستم به نجوا تا میان بازوهاش رعشه گرفتم،
چونان خرمنی در باد...

وقتی پایکوبی اوج گرفت و شـراره‌های آتش شـعله کشـید،
همه از خود بی‌خود اما با هم بودند. رقصـی میانه‌ی میدان،
احسـاس می‌کنی در آتشـی، در گردبادی، در قله‌ی کوهی از
قله به دره در پروازی، در جریان رودخانه‌ای، با خاک و
خاشاک هم‌خانه‌ای...
من دیگر صـدای یایاهی‌یا نمی‌شـنیدم، صـدای کوبش طبل
نمی‌شنیدم، صدای دف و جرنگ جرنگ آویزها را از گوش
جان می‌شنیدم، صدای خودم را می‌شنیدم :

مرغان هوایی را بازان خدایی را
از غیب به دست آرم بی‌صنعت و بی‌حیلت

خود از کف دست من مرغان عجب رویند
می از لب من جوشد در مستی آن حالت

ناگهان کاکلی خودمان را میانه‌ی میدان دیدم، دست‌هایش
را به حالت التماس رو به ناکجا گرفته بود، ممد جان
ممدجان می‌گفت و مهدی کنارش بی‌آن که صورتش را
بپوشاند های‌های می‌گریست...

ممد جان... ممدجان از زیر چشم‌بند دیدم می‌بردنت، دیدم
راست و محکم می‌رفتی ممدجان ممدجانم، تاب تاب
خوردنات را بالای دار دیدم، گلوی کبودت را دیدم...
ممدجان ممدجانم چرا امضا نکردی، من امضا کردم پس
چرا به من گفتی امضا کن اگر خودت می‌خواستی نکنی.
ممدجان ممدجانم همانی که بهت قول دادم، اسم هیچ کس
را نبردم حتی وقتی دو روز تو تاریکی از سقف آویزان بودم
نگفتم که نگفتم. من فقط امضا کردم. ممد جان ممدجانم،
ضجه زدم تا پیراهنت را به من دادند حالا هر چه می‌گردم
پیداش نیست پیراهنت...

مهدی سالن غذاخوری و آشپزخانه را نو نوار و هر آن چه را
خراب شده بود، درست و میزان کرد. شهاب‌سنگ از

یکی‌یکی ساکنان خوابگاه دیدن کرده بود و به آن‌ها شربت مهر و محبت داده بود. من نتوانستم در خوابگاه بند شوم. طاقت دیدن چهره‌های ویران را نداشتم. دو روز آخر بیشتر با درخت تناور بودم. کنار رودخانه قدم می‌زدیم. از برادر بزرگش گفت که در مدرسه‌ی کاتولیک، سر به نیست شد و بعدها هر چه پی‌گیری کرده بودند، مسئولین جوابی نداشتند، گفته بودند خیلی از پسرها موقع فرار در زمستان، در جنگل‌های اطراف ناپدید شدند.

من هم از مسیح گفتم که ناپدید شده. گفتم چه و چه‌ها... وقتی داشتم می‌گفتم شرم ویرانم کرد به طوری که نشستم روی تخته سنگی، زانوهایم می‌لرزیدند. گفتم آخر آن پسرک‌ها از ظلم و ستم دشمن فرار کرده بودند که بروند به خانه پیش پدر و مادرشان. مسیح از خانه‌ی خودش فراری‌ست از پدر و مادر خودش...

درخت تناور نوازشم کرد دست سرم کشید و یک چیزی مثل نوحه و لالایی خواند...

طبیعت آن‌جا طوری‌ست که آدم را به سکوت ممتد فرامی‌خواند. انگار آسمان و افق گسترده‌تر است. ابرها حجیم‌تر، درخت‌ها بلندتر و دریاچه‌ها و رودخانه‌ها آبی‌ترند. بی‌اختیار از این سخاوت طبیعت احساس شکرگزاری به آدم دست می‌دهد. تنهایی رفته بودم کنار رودخانه قدم بزنم. حالتی از شهود و آرامش قبل از طوفان

بر من غلبه کرد. نمی‌دانم آیا شب پایکوبی نینو من را بشارت داد یا نه اما یکهو در آن آرامش و سکوت دریافتم غفلت غفلت غفلت این ویرانگر خاموش را...

آن شب که بهرام، مسیح را مسخره کرد و بهش گفت شازده‌ی کون گشاد... فرداش من با بهرام و دوستان جمع ادبی رفتیم کنار دریا چادر زدیم. و وقتی برگشتم دیدم مسیح نیست و اتاقش خالی‌ست. وقتی به کاکلی فکر می‌کنم و به ممدجانش، به برادر مهدی و دوستش مرتضی و آن نوجوان‌ها که همه گوشت دم توپ شدند، دشمن از بیرون آن‌ها را نابود کرده، مسیح دستی دستی به دست نزدیک‌ترین کسانش، نگاهش و ذهنش رمیده شد و جا و مکانی نداشت که او را به جا آورند و دوست داشته باشند.

وقتی پدر و مادر، تو را نبینند هیچ‌کس تو را نمی‌بیند و یک عمر باید معلق بزنی تا تو را ببینند...

خداحافظی با درخت تناور راحت نبود، گفت سال دیگر منتظرت هستم. یک جفت گوشواره‌ی پردار، گوشم کرد و یک شال دست‌باف انداخت گردنم. کاکلی و مهدی وقت خداحافظی دست به گریبان همدیگر مانده بودند. هنگام بدرقه، درخت تناور و پسرک‌ها با کاکلی، با دست‌هایشان به حالت ضربدری بزرگ بای‌بای کردند. و لابد همان‌جا ایستادند تا ما نقطه شدیم.

مهدی و شهاب‌سنگ هر دو خسته و هلاک بودند. برگشتن نصف روز را من رانندگی کردم البته از جاده‌های فرعی. من از رانندگی در بزرگراه می‌ترسم. از سرعت وحشت دارم و از کامیون‌های غول پیکر که یکهو پشت آدم، رعب‌آور بوق می‌زنند اما ترس من، سابقه‌ی هولناک و روانی پیشینه دارد...

یک وقتی ماشین بنز و ساعت رولکس و کت و شلوار پیرکاردین، بین مردان موفق در بیزینس، نشانه‌ی موفقیت و برجسته‌گی بود. همسرم هر سه تاش را داشت. اوائل مهاجرت، ما مدتی در آلمان زندگی کردیم. با ماشین بنز در بزرگراه‌ها با سرعت وحشتناک می‌راند. وقتی من در حال قبض روح، دستم را آهسته می‌آوردم بالا و التماسش می‌کردم که یواش‌تر، بعد تندتر می‌کرد همزمان می‌خندید بعد در حال سرعت سرسام‌آور، رویش را می‌کرد به من می‌خندید و می‌گفت: خب این ماشین بنزه برای سرعت ساختنش و جاده‌های آلمان هم برای سرعت رفتن ساخته شده. یکی دو بار هم گفت باید عقل و منطق‌ات را بالاتر ببری. وقتی می‌رسیدیم به مقصد، من دیگر نصف جان بودم. دیگر آدمی نبودم که به مهمانی یا رستوران یا خرید یا هر کجا بروم. بدنم مثل چوب می‌شد و نفس‌ام بالا نمی‌آمد بعد آقا سر به سرم می‌گذاشت، هی می‌گفت خرگوش کوچولو. برگشتن باز همان طور سرعت می‌راند و کرکر

می‌خندید. من هنوز نمی‌توانم بفهمم که چرا به وحشت و
ترس من می‌خندید. جایی خواندم اگر می‌خواهید شخصیت
کسی را خوب بشناسید ببینید به چه می‌خندد...
بعدها که مسیح بزرگ شده بود ازش پرسیدم وقتی بابا
سرعت می‌رفت تو نمی‌ترسیدی؟ گفت : وقتی سرعت
می‌رفت بعد جلوش رو نگاه نمی‌کرد روش رو می‌کرد به تو
می‌ترسیدم، چشم‌هام رو می‌بستم اما از این که شما دعواتون
می‌شد بیشتر می‌ترسیدم...

حالا من بین دو دوست که هیچ خویشاوندی با من نداشتند،
نهایت احساس امنیت و آرامش را تجربه می‌کردم. داشتن
امنیت یعنی نبود تهدید، نبود فشار و تحقیر از اطرافیان.
داشتن امنیت، مثل حس آزادی و رهایی و سبک‌بالی، حالی
خوش است. از شدت خوشی این حالت، فهمیدم هیچ‌وقت
از این نعمت برخوردار نبوده‌ام. مثل غذای گوارایی که دلت
می‌خواهد برای بچه‌ات هم لقمه بگیری، در دل برای مسیح
لقمه گرفتم. مسیح از کیفیت این خوشی محروم بوده است
اصلا از آن خبر ندارد که چیست. او به دنبال امنیتی‌ست که
فرمولش در کازینو کار کند تا بتواند پول داشته باشد، رئیس
شرکت شود تا کسی بیرونش نکند، ماشین مدل بالا سوار
شود، تا آدم حسابش کنند...

غربی‌ها عبارتی دارند به اسم "ساحل امن"، این ساحل امن در کانادا یعنی یک شغل دولتی با بیمه و مزایا به علاوه‌ی یک خانه و یک ماشین مدل بالا. و هی پول جمع کنی تا به زودی یک ویلا هم بخری. در این ساحل امن، همه روزها سر کارند یا درس می‌خوانند، اگر خانواده‌ی خوشبختی باشند، همه با هم عصری شام می‌خورند بعد اخبار و سریال نگاه می‌کنند. آخر هفته‌ها متناسب با هوا و فصل، یا توی فروشگاه‌ها ول می‌گردند، خرید می‌کنند و هله هوله می‌خورند یا در پارک‌های وسیع و بی‌شمار این جا، بساط پیک نیک و کباب و همبرگر به راه است. خوبیش اما این است که کسی به کسی کاری ندارد و آت آشغال هم روی زمین نمی‌ریزند، البته قدم به قدم سطل زباله‌ی تمیز هست.
خداییش ساحلش امنِ امن است اما راستش من بی‌اختیار یاد چوخ‌بختیار صمد بهرنگی می‌افتم...
این ساحل امن، حتماً با فان یعنی چیزهای خنده‌دار، سرگرم کننده و خوشحالی همراه است، طرفه آن که معنی عیش و نشاط و شادمانی همه برایشان یک‌سان، فان است و فانی.

من خودم را سرزنش می‌کردم چون هیچ‌وقت نتوانستم بساط فان برای مسیح فراهم کنم. با دوستان پدرش که رفت و آمد داشتیم، مسیح در کنار آن‌ها فان داشت. بعد از جدایی، ما منزوی شدیم. خانواده‌ها به خصوص زن‌ها، خوششان

نمی‌آید و صلاح نمی‌دانند با زن مطلقه معاشرت کنند.
مسیح به پای من سوخت...
من با پدرش تماس گرفتم، دو سالی بود از ازدواجش گذشته
بود، گفتم برنامه‌ریزی کنید مسیح را با خودتان این‌ور آن‌ور
ببرید گفت باید به خانمم بگویم. و در تماس‌های بعدی،
سر شوخی و لاسیدن رو هوا را با من گذاشته بود. و در یک
قراری که قرار بود مدارکی از مسیح را به من بدهد، دستم را
فشرد و گفت بیا یک مونترال با هم برویم دو سه روزه، من
و تو...
من نمی‌دانستم بخندم یا گریه کنم حالا آقا زن داشت،
می‌خواست با من به زنش خیانت کند.

117

با این که چند بار به راشل تلفن کرده بودم و می‌دانستم از
مسیح خبری نشده اما دل تو دلم نبود تا رسیدیم. مهدی از
خستگی و بی‌خوابی، خواب خواب بود. شهاب‌سنگ
چمدانم را تا آپارتمانم آورد و همزمان هی چشمک زد و
شوخی کرد. و تا کلید انداختم، راشل پشت در بود و
می‌خواست برود خانه. معلوم بود که شوق دیدار مهدی را
داشت. نایستاد تا باهاش حال و احوال کنم. داشت با
شهاب‌سنگ می‌رفت، از تو راهرو ازش پرسیدم از نیکول
چه خبر؟ از پشت سر گفت: شکمش اومده بالا و همه‌اش
با دوست پسرشه.

از وینی‌پگ که برگشتم بعد از شب پایکوبی دور آتش و گپ و گفت‌ها با درخت تناور، دو فکر بر من مستولی شد. یکی مواجهه با خودم...
و دیگر، آیا می‌توان ناتوانی مهدی را شفا بخشید؟ آیا آن چه در ذهن و تصور من می‌گذرد، عملی‌ست؟ آیا بستر اعتمادبه‌نفس بخشیدن، هماهنگ با تپش‌های دل شفابخش است؟

فقط گپ و گفت با درخت تناور نبود بیشتر نگاهش بود که من را پرتاپ کرده بود به اعماق روح و روان خودم. نگاه نافذ و مهربانش، انگار مادر قبیله من را بخشیده بود...
در مواجهه با خودم ریشه‌های دلم کشیده می‌شد و طاقت‌فرسا بود و به روشنی دریافتم که ضربه‌های پیوسته‌ی تحقیر و متلاشی شدن کامل حواس و شخصیت، به کل ویرانم کرده بود و هیچ حضوری برای مسیح نداشته‌ام. در واقع، من شناخت و درک ضعیفی از واقعیت داشتم. آه... می‌دانید؟ گاه واقعیت چنان سخیف و دردناک است که اگر آدم ضعیف و شکننده باشد، بی‌اختیار آن را پس می‌زند تا خودخواسته سراب ببیند. انگار تنها و تشنه در برهوت بروی و از دور لرزش و انعکاس نور را چشمه ببینی.

در مواجهه با خودم در درون، از شرمندگی مثل شمع می‌سوختم و آب می‌شدم اما در بیرون از احترام و توجه

برخوردار بودم، مددکار بودم و وجهه‌ای ارزشمند و قابل اعتماد داشتم. به تازه‌واردین کمک می‌کردم، مراجعین را راهنمایی می‌کردم که فرزندشان را کدام مدرسه و یا دبیرستان بفرستند، کدام رشته را انتخاب کنند، یا چی به صلاح‌شان است، مردم مشکلاتشان را با من درمیان می‌گذاشتند و من به خاطر شغل‌ام قادر بودم مشکلاتشان را حل کنم.

شب در خانه گاه در اخبار محلی، در تلویزیون می‌دیدم که یک لحظه عکس جسد مرد جوانی را نشان می‌داد که بر اثر ضرب و شتم هویت‌اش نامعلوم بود، دیگر نمی‌فهمیدم چه شده یا برای چه عکس را نشان می‌دادند، ناگهان جرقه‌های وحشت و دلهره سراپا خاکسترم می‌کرد، نکند مسیح من باشد...

بعد فرداش، وقتی داشتم به مادری مشاوره می‌دادم که با پسرش مشکل داشت و آن مادر که از نگاهش می‌فهمیدم به من و راهنمایی من باور و اعتماد کامل داشت، هم زمان چهره‌ی کبود جسد نامعلوم مرد جوان از ذهنم می‌گذشت...

این حالت دوگانه‌ی درون و بیرون به شدت رنجام می‌داد. در بیرون از اعتماد و قدردانی سرشار بودم و در درون، زندگی بی‌عزتی را بر دوش می‌کشیدم...

در گذشته‌ها وقتی شعری جان‌بخش و یا متنی تأثیرگذار می‌خواندم در خلوت و تأملات، شهودهای حسی به مفاهیم

تبدیل می‌شدند و در آن لحظات به یاد ماندنی، رشد و آگاهی درون خود حس می‌کردم که به زیبایی متصل بود. اما در تضاد با آن چه در اطرافم می‌گذشت، مدتی مات‌زده می‌شدم و دلم می‌خواست بی‌زمان تا ابد در آن وقفه‌ی متعالی بمانم.
همسرم سر به سرم می‌گذاشت گاهی تکان تکانم می‌داد، می‌گفت: چیه چی شده قهرمان کتابت شکست خورده؟
هنگامی که مات‌زده می‌شدم، خودم را واقعی‌تر حس می‌کردم و آرام آرام در گستره‌ای کویر مانند، رها می‌شدم. و هر چه فراتر می‌رفتم، اضطراب از من دور می‌شد و انقدر مبهوت می‌رفتم که جهت‌ام را گم می‌کردم و در این گمگشته‌گی، باز خودم را آشناتر پیدا می‌کردم و در قلمرویی دیگر، در گذشته‌ی خود حیّ و حاضر می‌شدم، کاستی‌ها و محدودیت‌هایم را شناسایی و درک می‌کردم و حالتی از آشتی با خود در من می‌گذشت.
آیا من می‌توانم خود را از اعمال خود بازشناسم؟

بارها در ذهن‌ام تکرار شده بود، وقتی همراه با پناهنده‌های آسیب دیده از جنگ و زندان، دکتر می‌رفتم و آن‌جا می‌فهمیدم که درد جوان زار و نزار چیست، از ذهنم می‌گذشت که چرا نمی‌شود فاصله‌ها را برداشت شاید فرجی حاصل شد. اما حالا در مورد مهدی فرق داشت، حالا تمنای خودم هم در میان بود. شب پایکوبی دور آتش،

بوسه‌ای که مهدی به گردنم زد به من شجاعت می‌داد برای در آغوش کشیدنش. و یک شوق پایدار که به نیکی و نیکویی متصل بود به این شستشو و پالایش، سخت محتاج بودم. و این که شاید مهدی شفا پیدا کند، به ایران برگردد و پدر سمیه و سمانه باشد...

آشفته از این افکار و وحشت ناپدیدی مسیح و اتاق خالی‌اش که خوره‌ی روحم شده بود، باید هر روز می‌رفتم سرکار برای ترجمه در دادگاه‌ها. و رویارویی با قاضی و وکیل و پناهنده‌ای که وقتی سوال پیچش می‌کردند، هول می‌شد. و در ترجمه، بی‌اختیار من خودم پاسخ پناهنده را راست و ریس می‌کردم که به ضررش تمام نشود. عرق‌ریزی روح را در آن لحظه‌ها تجربه می‌کردم.

۱۲۱

یکی از مهارت‌های چشم‌آبی‌های پوست مرمری، سوال‌پیچ کردن است. وقتی خوب سوال‌پیچ می‌کردند و از پناهنده، سر و صورتی عرق کرده و نگاهی گیج و وحشت‌زده باقی می‌ماند، آن‌ها خوش‌حال و خندان، انگار در یک مسابقه برنده شده بودند. یعنی این پناهنده‌ها از دست بازجو فرار کرده بودند حالا افتاده بودند گیر این‌ها.

فضای دادگاه و سالن‌های بررسی پرونده‌ها، سقفاش بلند بود صدا در آن می‌پیچید و ترس تو دل آدم می‌انداخت. آن جایی که قاضی می‌نشست، یک بالا بلندی بود مثل

شاه‌نشین سرسرا که جلویش کاملا بسته و از مراجعین جدا بود. جایی که مراجعین می‌نشستند ردیف نیمکت‌های چوبی ناراحتی بود که آدم وقتی رویش می‌نشست هی باید خود را این‌ور آن‌ور می‌کرد. بعد از کلی انتظار همراه با دلهره، یک صدایی جار می‌زد که برپا، قاضی وارد می‌شود.همه بلند می‌شدیم. قاضی از این شنل‌های مثل شنل زورو تنش بود، با فیس و افاده و اخم می‌آمد می‌نشست.

تک و توک قاضی خوب و با انصاف هم بود، ولی بیشتر شمر بودند و تحمل نگاه‌های نافذ و سرکوب‌گرشان، آدم را له و لورده می‌کرد. وقتی از دادگاه می‌آمدم بیرون، دلم می‌خواست بروم سر چاهی و نعره بزنم. این حالت البته در خیال می‌گذشت اما در واقعیت باید می‌رفتم دادگاه بعدی...

بین خانواده‌های پناهنده، طلاق بی‌داد می‌کرد. همه‌ی زن‌های جوان با یک یا دو بچه‌ی کوچولو طلاق می‌خواستند. تا حدی هم حق داشتند، به خصوص زن‌های ایرانی که از آن خراب شده می‌آمدند. زن‌ها خود را سریع‌تر از مردها با محیط وفق می‌دادند. زودتر زبان یاد می‌گرفتند و روی پای خودشان می‌شدند و با حمایتی که در کانادا از زنان می‌شود و تقصیرها اغلب به گردن مردهاست، زن‌ها می‌فهمیدند که آقا بالاسر لازم ندارند. اصلا آب و هوا و قوانین کانادا طوری‌ست که زن ترجیح می‌دهد طلاق بگیرد. این وسط،

بچه‌ها قربانی می‌شدند چون بابایشان را هم دوست داشتند. و تا شوهر اعتراض می‌کرد و با طلاق موافق نبود، کار خراب‌تر می‌شد چون وکیل‌های فمنیست دو آتشه، به زن یاد می‌دادند درخواست برگه‌ی منع عبور برای شوهرش بکند. بعد دیگر شوهر نمی‌توانست تا فرسنگ‌ها به زن و بچه‌اش نزدیک شود و یا حتی به آن‌ها تلفن کند فقط با اجازه‌ی وکیل و رأی دادگاه، می‌توانست در ساعاتی مشخص با حضور پلیس بچه‌هاش را ببیند و بعد دیگر شوهر با زنش طرف نبود بلکه با پلیس طرف بود و زندان...
این طور که شاهد نزاع‌های بی‌رحمانه بودم، مردها قربانی این قانون ظالمانه شدند. بدیش این بود که زن درست سردرنمی‌آورد که پیامدهای درخواست برگه‌ی منع عبور، چیست. خیلی زن‌ها را دیدم پشیمان شده بودند از بس بچه‌هایشان بابا بابا می‌کردند. زن‌ها از من می‌خواستند که به وکیل‌شان بگویم برگه را باطل کنند اما وکیل فمنیست دو آتشه نمی‌پذیرفت، می‌گفت حتما زن را تهدید کرده‌اند.
زن‌هایی که پشیمان می‌شدند، شوهرانشان نه دست بزن داشتند، نه معتاد بودند، نه روانی. می‌گفتند تفاهم نداریم. و مجازات ندیدن بچه‌ها و عدم تماس را برای بابای بچه‌هایشان عادلانه نمی‌دانستند اما وکیل و قانون، کار خودش را می‌کرد. شاهد ویرانی مردهای بی‌شماری بودم که در غربت، از دیدن بچه‌هایشان محروم شدند. بیشتر

مردها شـخصـیت و غرورشـان مانع می‌شـد که با حضـور پلیس به دیدار بچه‌های خودشان بروند...

ابتر آن که زن هنوز طلاقش به سرانجام نرسیده بود، دوست پسر می‌گرفت خب باز هم البته حق‌شان بود، جوان بودند و زیبا و نیازهای جوانی. اما بدیش این بود که چون اغلب ما یاد نگرفته‌ایم درست انتخاب کنیم، طوری می‌شـد که پس از مدتی کوتاه، زن پشـیمان می‌شـد و با خیلی‌هاشـان که حرف زده بودم حالا شوهرشان را ترجیح می‌دادند.

اما با قوانین فمینیسـتی دو آتشـه در کانادا انقدر ویرانی در روند جدایی بین زن و شـوهر ایجاد می‌شـد که راه برگشـت نبود پس در نتیجه، دوسـت پسـر بعدی و بعد از مدت کوتاهی، باز دوست پسر بعدی، چون مردهای جوان، اولش خیلی عاشـق بودند اما حوصله‌ی بچه مچه نداشتند. پس از مدتی، عشق و عاشقی ته می‌کشید. این وسط بچه‌ها... بچه‌هایی که پدر مادر داشتند اما یتیم بودند.

خوبیش اما این بود که خیلی از زن‌های مظلوم هم از دسـت شـوهرهای زورگو، معتاد و فحاش و بی‌مسئولیت، نجات پیدا کردند. زن‌ها و بچه‌ها نفس راحتی می‌کشـیدند و می‌رفتند دنبال زندگی‌شـان. دادگاه، شـوهرها را می‌فرسـتاد مراکز ترک اعتیاد و مشاوره...

در این دادگاه‌ها واضح و مبرهن بود که وکیل‌های فمنیست، البته دو آتشه و سه آتشه‌اش، مسئله‌شان حق و حقوق زن نبود بلکه شکست دادن و ویران کردن مرد بود. و چیز دیگری که روشن بود این بود که آن چیز اسم ندارد که بگویم چیست ولی به جای دشمنی با مرد، فمنیزیمِ سامان‌بخش، باید روی آن کار و تحقیق کند و در اختلافات و معضلات خانوادگی، فرهنگ‌های متفاوت و خلق و خوی‌های گوناگون را در نظر بگیرد و انسان و انسانیت اولویت باشد، چه برای زن و چه برای مرد.

یکی از آن چیزها که مرد و زن ندارد " تحقیرکردن" است. تحقیرکردن ویران‌گر و خانمان‌برانداز است، خیلی زن‌ها چنان مرد را تحقیر می‌کنند و سرکوفت می‌زنند که از یک مشت محکم و کبودی چشم، اثرش در روح و روان مرد ویران‌گرتر است.

خیلی از این چیزها اصلا محکمه پسند نیستند که آدم بتواند آن را در دادگاه مطرح کند، مثل وقتی که زن به مرد سرکوفت می‌زند و می‌گوید تو عرضه نداری، فلانی را ببین... آیا هیچ مردی می‌تواند این چیز را در دادگاه مطرح کند؟

و یا وقتی همسرم در جاده ایجاد رعب و وحشت می‌کرد بعد کرکر می‌خندید و تحقیر می‌کرد، من می‌توانستم آن را در دادگاه مطرح کنم؟

یعنی می‌خواهم بگویم مرد و زن ندارد تحقیر، ویرانگر
است...

اما یک چیز که همه اسمش را می‌دانیم و بچه‌ها نه تنها در
غربت زیر پایشان خالی نمی‌شود بلکه در امنیت و بستر
محبت بزرگ می‌شوند، همان سعادت خانواده‌ای‌ست که
زن و شوهر همدیگر را دوست دارند و هی فردیت فردیت
نمی‌کنند و ادای چشم آبی‌های پوست مرمری را درنمی‌آورند
و در قبال هم گذشت دارند تا بچه‌ها به ثمر برسند. این
بچه‌ها مهم نیست که در آینده حتما مهندس بشوند یا دکتر
یا هنرمند و فیلسوف بلکه دیده‌ایم فرزندان این خانواده‌ها در
طول زندگی، انسان‌های نیک‌نفس و با نشاطی‌اند. و در
بزرگ‌سالی، خواهرها و برادرها سر اختلافات جزئی با هم
قهر نمی‌کنند، کمکِ یکدیگرند و به خوبی و خوشی با هم
معاشرت می‌کنند. و بچه‌های بچه‌های این‌ها در چرخه‌ی
سلامت و زنده‌دلی زندگی می‌کنند...

۱۲۶

خانواده‌هایی که والدین سی روز خدا با هم قهرند،
بچه‌هایشان هم وقتی بزرگ شدند، سر مسائل جزئی سی
روز خدا با هم قهرند...

من خود قربانی قهرهای ادواری بودم و در این چرخه‌ی
معیوب، مسیح قربانی قهر مضاعف شد در غربت...

از دادگاهی طولانی و نفس‌بر آمده بودم، مجرم و قاضی و هیئت منصفه خودم بودم. رفتم پارک جنگلی پیاده روی تا افکارم را سر و سامان بدهم و بدبختی‌هایم را در ذهن‌ام دسته بندی و مرتب کنم.

آفتاب خوش تیغ کشیده بود و زوبین‌های نورانی بی‌امان می‌بارید. اما این‌جا آن‌جا ناگهان واحه‌ای جلویم سبز می‌شد. سرشاخه‌های پربرگ درختان سلام می‌دادند و آلاچیق درست کرده بودند. سایه‌ساری زیر تیغ آفتاب، بدبختی‌ها را پس می‌زد و لحظاتی آدم را به منشأ سرخوشی ناب می‌برد...

تو جنگل انقدر رفتم رفتم که وقتی خسته شدم خواستم برگردم، راهکی را که در انتهای آن ماشین را پارک کرده بودم پیدا نمی‌کردم. گم شده بودم. نشستم روی کنده‌ی درختی که دراز به دراز افتاده بود، حتماً از رعد و برق و تندبادی و یا در ضیافتی که خود پذیرا بوده، در غوغای موریانه‌ها از پای درآمده...

آیا ما آدم‌ها هم می‌افتیم؟ از پوسیدگی؟ آیا مسیح افتاده‌ست؟ آیا مادرش افتاده و شکسته‌ست مثل این درخت؟

درختِ افتاده، درختِ پوسیده هنوز با باران و زمین در ارتباط وَ در چرخه‌ی زندگی‌ست اما زندگی بی‌عزت، همان پوسیدن آدمی‌ست و افتادن در پیش...

نسیمی خوش و نامنتظر وزیدن گرفت، برگ‌ها و سرشاخه‌ها آرام و وزین به نجوا...

برگ درختان ســبز... هر ورقی دفتری‌ست... متن‌هایی که خوانده بودم، مقامات متن که ملکه‌ی ذهن‌ام شـــده بودند، جنگل را تسـخیر کردند و به من عزت از دسـت رفته را برگرداندند.

از وجدی دورآشنا، بلند و کشیده داد زدم، یوووهووو... پیرمردی که تکه‌های چوب و شـاخه‌های شـکسـته جمع می‌کرد، شنید و جواب داد و راه را نشانم داد.

در فکر بودم که آخر هفته به مهدی بگویم بیاید اما خودش تماس گرفت گفت می‌آید. وقتی آمد تا وقتی که رفت با فاصله نشسـته بودیم، در و بی‌در گفتیم و همدیگر را نگاه کردیم...

فرداش مسـیح زنگ زد، باز گفت نگران نباش. گفت: اینا (یعنی کازینو) هی ضد فرمول ما رو می‌زنن هر چی ما بردیم رو باز از ما گرفتن. گفت تا هشـت هزار دلار بردیم، باز ما رو گرفتن حالا یک فرمول دیگه کشـف کردیم ضـد اونا این فرمولمون حتما می‌گیره. دامی‌یار می‌گه اگه این فرمولمون نگیره برگردیم. مامان می‌شــه دامی‌یار بیاد خونه‌ی ما؟ جا نداره بره...

من فقط زار زدم التماسـش کردم گفتم : بیا خونه با دامی‌یار بیا براش رختخواب تهیه می‌کنم. بعد گفت : حالا مگه چی شـــده؟ چرا انقدر گریه می‌کنی؟ من خوبم... آمدم بگویم

هفت ماه است ندیدمت که قطع کرد. این طور که معلوم بود پول‌شان ته کشیده بود، امیدی در دلم جوشید...

پس‌فرداش مهدی بدون خبر، صبح زود پشت در بود. تا آمد تو، نفهمیدم من او را بغل کردم یا او مرا بغل گرفت. و باز من رعشـه گرفتم. او بغض داشت. صبحانه خوردیم و گپ زدیم گفتم مسیح تلفن کرد. گفتم به نظر می‌آید که پول‌شان ته کشیده شاید به زودی پیداش شود. چشم‌هاش روشن شد و گفت : خوبه که مسیح هم مدتی بره پیش کاکلی و درخت تناور. بعد می‌خواست از کاکلی و ممدجانش بیشتر بداند، مهرشان به دل هم افتاده بود. دل‌شدگان یکدیگر را شناسایی می‌کنند و خویش هم می‌شوند...

همین‌طور که صـدام می‌لرزید به مهدی گفتم شـب بمان. گفت : باید به خانوم سـوهی و راشـل خبر بدم، انتظار می‌کشن تا من برم خونه، آقای سوهی هم همین‌طور...

مهدی قبل از این که بیاید توی تخت پیش من بخوابد رفت توی بـالکن هی راه رفت، انگـار یک چیزی هم بـا خود می‌خواند نمی‌دانم ذکر می‌گفت شاید...
وقتی خواست بیاید تو تخت، چشم‌هاش را بست. حسرتی که به دل داشـتم برآورده شـد، موهای آشـفته‌اش را که عرق کرده بود و به پیشانی‌اش چسبیده بود، کنار زدم و نوازشش

کردم. با چشم بسته، با بغض با صدایی که از ته چاه می‌آمد گفت : یه چیزی را برات نگفتم حالا می‌گم. گفت : منو داداشم هر دو زهره رو می‌خواستیم وقتی با خاله‌ام میومد خونمون دو تایی‌مون از تو اتاق جم نمی‌خوردیم تا وقتی که می‌رفتن. من نمی‌فهمیدم که زهره، کدوممون رو می‌خواست بعد که من رفتم دانشگاه، زهره رو برای داداشم عقد کردن...

من آمدم بگویم گذشت زمان... حرف توی دهانم ماسید، نگفتم. گفتم حالا به جز سلاح محبت و درک وضعیت و تسلیم به واقعه، چه می‌توان کرد وقتی قدرت قهار سرنوشت بر ما مستولی‌ست...

همین طور که حرف می‌زدیم، رعد و برق زد و بارانی سیل‌آسا درگرفت بعد به تناوب آرام آرام می‌بارید. صدای باران پنجره و اتاق را پر کرد، لطافت باران ما را در خود گرفته بود، زیر صدای باران نوازشش می‌کردم. شهامت‌ام را بردم بالا تا همه‌ی اندامش را نوازش کنم. به هم سخت پیچیدیم و پیچیدیم و رگبار بوسه‌ها با تندرهای آسمانی، بر ما جاری بود اما مهدی ناتوان ماند.

من ناامید نشدم به نیرویی که نمی‌دانستم نامش چیست، سخت مطمئن بودم...

روزها و شب‌هایی همان طور گذشت و گذشت ولی ما تشنه‌تر می‌شدیم و سراپا شیفتگی و شور. تا شبی نیمه‌شبی

که ناگهان حریق درگرفت. در لهیب لحظه‌های کام‌روایی، در نی‌نی چشم‌های هم ساکن روان شدیم. در کام‌روایی ما در اوج، فرودی نبود. فرودش هم اوج بود با وجدی جلیل و جاودانه. آه‌های بلندش مرا به زیر می‌کشید، من شکل آه‌هایش می‌شدم شناور در مهی که زان میان خورشید دامن آخرزمان گرفت...

با مهدی حرمت دوست داشته شدن بر من تجلّی کرد. در هم‌آغوشی‌ها، انگار چیزی نفیس و شکستنی در میان بازوهاش بود آرام، ملایم، مراقب، شیفته و با ظرافت. در هم‌آغوشی‌ها با مهدی، بعد دیگری از شکوفایی انس و یکی شدن با زیبایی ناب را تجربه کردم. مثل نیست شدن در هستیِ بی‌نهایت.

ما به راز طولانی کردن وقت دست یافته بودیم، یکدیگر را در آغوش هم جا می‌گذاشتیم برای همیشه...

با بهرام، یک جور پرپر زدن و برآوردن تمنایی بود که وجودم را فراگرفته بود، اندام خوش‌ترکیب و آن سبیل خوش‌فرم و لبخند توأمان محزون و شیرینش به تمنایم دامن می‌زد و بی‌قرارم می‌کرد. لذت تن بود و شهوت تن‌آسایی. رسیدن به اوج‌هایی که بعد از فرود، آدم به خودش می‌گوید، خب که چی...

با همسرم، اوایل شناخت تن بود و کنجکاوی و من کودکانه ذوق می‌کردم وقتی که می‌گفت می‌میرم برات. و تا مدت‌ها نمی‌دانستم که لذت بردن کامل زن چیست و چگونه‌ست. این اواخر هم که به خاک بر سری تبدیل شده بود. هنگام اوج، که همیشه فقط او در اوج بود، کوسه‌ای می‌دیدم که از روی سینه‌ام بالا می‌آمد...

روزهایی که با مهدی می‌گذشت، من دیگر ورطه‌ی هولناک بی‌کسی را فراموش کرده بودم. اغلب وقتی می‌آمد خرید کرده بود، من تند تند بسته‌های خرید را ازش می‌گرفتم جا به جا می‌کردم. در این بین، بی‌هوا من را از پشت بغل می‌کرد مثل شب پایکوبی دور آتش با لب‌های تب‌دارش روی گردنم بوسه می‌زد. لحظاتی فشار بختک مصیبت‌ها متوقف می‌شد، لحظاتی کوتاه‌تر از آه... لحظاتی شیرین، در بهشت عدن می‌گذشت. انگار برادرش کشته نشده، انگار مسیح ناپدید نشده. انگار ما از عدن آمدیم و به عدن می‌رویم...

۱۳۲

اوقاتی که با مهدی می‌گذشت، اغلب مرتضی هم حیّ و حاضر بود با آقای سالینجر و آن شکوه عزلت گزیدنش. یک روز دیدم مهدی داشت نوشته‌های من را زیر و رو می‌کرد و می‌خواند، بی‌تاب شده بود انگار گر گرفته باشد، سرّ دلبران

بود در حدیث دیگران، با حرارت و ملتهب می‌گفت مرتضی هم همین را می‌گفت، مرتضی هم همین‌ها را می‌خواست: "آن‌چه خواننده را به هولدن مبتلا می‌کند، پرپرزدن‌های خستگی‌ناپذیرش برای کشف هارمونی‌هاست. و جستجوی حتی اندکی عشق در مناسبات و روابط انسانی. هر چه بیشتر پرسه می‌زند، بیشتر جستجو می‌کند، ناامیدتر می‌شود. همه روحش را کسل می‌کنند چون همه از پیر و برنا تخت گاز به فکر داشتن و انباشتن‌اند، نه بودن و شدن.

در یکی از شب‌گردی‌ها که موریس ـ پیش‌خدمت هتل برای هولدن، خانم می‌فرستد و هولدن ترجیح می‌دهد اول کمی با هم حرف بزنند اما به گفته‌ی هولدن، دختره یکهو پاشد پیراهنش را کشید سرش... با طنزی گزنده، جلدی و فرزی برای سرویس دادن و دریافت پول و به چاک زدن را نشان می‌دهد و بعد فرداش که پیش‌خدمت با دختره می‌آید برای اخاذی بیشتر، هولدن تصمیم می‌گیرد برود در مرتعی دورافتاده ناطور دشت شود.

هولدن فقط با فی‌بی، خواهر ده ساله‌اش خوش است. در اواخر رمان می‌خوانیم که فی‌بی از هولدن می‌پرسد: می‌شه بگین بالاخره شما از کی خوشت می‌آد؟ هولدن اول جا می‌خورد، خودش هم تعجب می‌کند هی فکر می‌کند تا یادش بیاید... از پسری خوشش می‌آید که به هیچ وجه حاضر نشد حرفش را پس بگیرد. جواب یکی از بچه‌های دم کلفت مدرسه را داده بود که دسته‌ای تشکیل داده بودند

برای رو کم کنی. بعد از این که دسته‌ی ـ قلدرهای مدرسه، پسـره را لت و پار و به او تجاوز می‌کنند، باز هم حرفش را پس نمی‌گیرد و در صـحنه‌ای که دردناکترین صـحنه‌ی رمان است خودش را از پنجره پرت و خودکشی می‌کند.

راهبه‌هایی را که برای خیریه پول جمع می‌کنند هم دوسـت دارد. چون بی‌چشم‌داشت و با علاقه در خیابان‌ها می‌گردند یا همان‌طور سـر پا ایسـتاده‌اند برای دریافت اعانه. اما از مادرِ سـالی خوشـش نمی‌آید چون مادرِ سـالی وقتی برای جمع‌آوری خیریه یک جا می‌ایستد، اگر مردم خوب باهاش سلام علیک نکنند و تحویلـ‌اش نگیرند، ول می‌کند می‌رود.

و باز یادش می‌آید که از دهل‌زن ارکسـتر جشـن کریسـمس مدرسـه خوشـش می‌آید. برای فی‌بی تعریف می‌کند که در جشـن کریسـمس، با الی (برادر مرده‌اش) صندلی‌هایشـان را می‌بردند جلو تا از نزدیک، دهل‌زن را تماشــا کنند چون دهل‌زن در تمـام مدت جشـــن، فقط دو بار، بامبی دهل می‌زند و از این‌که همان‌طور آن همه وقت آن جا ایسـتاده، هیچ گله‌ای ندارد و آن دو بار را چنان با شور و شـوق می‌زند که انگار همه‌ی عمرش منتظر همین لحظه بوده.

بعد یکهو به فی‌بی می‌گوید من... همین تو را که این‌طوری زیر باران ایسـتاده‌ای با این پالتوی آبی‌ات من تو را دوسـت دارم."

زلال اشک‌های مهدی با پاره‌نوشته‌های من، با حاشیه‌نویسی مرتضی یکی شـده بود در طنین صـدای هولدن، در خلوص

ناطور دشت برای نجات کودکان، در انجیل آقای سالینجر. تنها در مقامات متن اســـت که جادوی وصـــل، نامکرر و جاودانه در جسم و جان تکثیر می‌شود.

مهدی یک قرار داد کاری خوب گرفت برای ســه ماه، گفت می‌خواهد پول جمع کند بعد برود ایران. اما در تماســی تلفنی شنید که پدرش در بستر بیماری‌ست. من گفتم همان پولی که شهاب‌سنگ داد کافی‌ست، وقت رفتن است... گفت که دلش را ندارد به آقای ســوهی و راشل بگوید که دارد می‌رود گفت تو بهشان بگو. من رفتم داستان مهدی را برایشان گفتم. گفتم چه و چه‌ها. آقای ســوهی و راشل گریه کردند، گریه‌ی آقای سوهی تلخ و دردناک بود. خانم سوهی با لبخندی بزرگوارانه به زبان خودشان گفت خیرپیش...

من و مهدی در فروشـــگاه‌ها دنبال ســوغاتی بودیم. مهدی حساب می‌کرد سمیه و سمانه الان چند وقت‌شان است. من لباس‌ها و اسباب‌بازی‌ها را انتخاب می‌کردم او ذوق می‌کرد. وســط ذوق کردنش، اشـــک تو چشـــم‌هاش حلقه می‌زد می‌گفت مسیح تو را ندیدم... برای آقا و خانم ســوهی و راشـــل هم کلی خرید کرد و اتاق مسیــح را رنگ آبی روشـــن زد. ردیف گلدان‌های بگونیا را آورد برای من...

روز رفتنش، مثل رفتن جان از بدن... اما من فردا شب‌اش را مجسم می‌کردم و برای پدرش، می‌خواندم یوسف گمگشته باز آید...

من و مهدی پرهیز می‌کردیم همدیگر را بغل کنیم یا حتی چشم تو چشم شویم و لرزش دست‌هایمان را پنهان می‌کردیم.

یکهو از ته سالن فرودگاه دیدم راشل با آقای سوهی روی صندلی چرخ‌دار دارند می‌آیند، مهدی گریه‌هاش را در بغل آقای سوهی کرد و راشل هم من را بغل کرده بود...

من به خانواده‌ی سوهی بیشتر سر می‌زدم و تا حرف مهدی پیش می‌آمد، آقای سوهی مثل یک عاشق به دهان من نگاه می‌کرد تا نام مهدی را بشنود.

خانم سوهی گفت که دامی‌یار با نیکول تماس گرفته و گفته می‌خواهد برگردد تورنتو و او را ببیند. حالا من مثل عاشق‌ها به دهان خانم سوهی نگاه می‌کردم که شاید خبر بیشتری از دامی‌یار داشته باشد. آقا و خانم سوهی از دوست پسر نیکول هیچ خوششان نمی‌آمد، دامی‌یار را که پدر نوه‌شان بود ترجیح می‌دادند. با این که من بهشان گفته بودم دامی‌یار کجاهاست و چه می‌کند. با این حال خانم سوهی گفت حالا که مهدی رفته و زیرزمین خالی شده دیگر اجاره نمی‌دهد تا دامی‌یار برگردد.

نیکول پا به ماه بود و همه منتظر بودند. ولی هفته هفته می‌رفت خانه‌ی پدر و مادر دوست پسرش می‌ماند.

من به دلم برات شده بود همین روزها یوسف گمگشته... مادرها می‌دانند. هی می‌رفتم تو اتاقش، قلبم جاکن می‌شد. لای پنجره را مهدی باز گذاشته بود تا بوی رنگ برود. لای یکی از کشوها چشمم افتاد به یک پاکت، دیدم یادداشت مهدی‌ست مقداری پول برای کاکلی گذاشته بود...

از سر کار تازه برگشته بودم ولو شده بودم از خستگی و در و دیوار را نگاه می‌کردم، مسیح زنگ زد گفت تا امشب می‌رسیم بعد گفت مامان، دامی‌یار هر چی داشت باخت باید هواش رو داشته باشیم...

بعد راشل زنگ زد گفت نیکول زایید یک پسر شکل خودش ولی با چشم‌های آبی...

من یا تو آشپزخانه بودم داشتم غذا درست می‌کردم یا اشک‌هام را پاک می‌کردم یا همه‌اش توی بالکن بودم رفت و آمدها را نگاه می‌کردم. زمان کش می‌آمد و غفلت غفلت غفلت‌هایم را بر سرم می‌کوبید. انگار مسیح از مسلخ می‌آمد، انگار اسیر برده بودنش. زمان کش می‌آمد. زانوهایم تا می‌شد دستم را می‌گرفتم به نرده از تو بالکن حالت سقوط داشتم...

بعد دیدم یک ماشینی نگه داشت و مسیح و دامی‌یار پیاده شدند، داشتند وسایلشان را از تو ماشین پیاده می‌کردند که پریدم تو آسانسور و رفتم پایین. هر دو زار و نزار و انگار ماه‌ها حمام نرفته نبودند بوی ماندگی و ترشیدگی می‌دادند. مسیح نگاهش رمیده‌تر و انگار ذهن‌اش خالی خالی بود. هی گفت جلوی مردم گریه نکن. خودمان را جمع و جور کردیم آمدیم بالا. مسیح نمی‌گذاشت بغلش کنم هی در می‌رفت به یک بهانه‌ای، هیچ‌وقت نمی‌گذاشت. فقط عیدها و تولدها کمی سر خم می‌کرد و رو هوا را ماچ می‌کرد.

مثل پروانه دورش می‌چرخیدم تا می‌آمدم سرش دست بکشم، جا خالی می‌داد. هر چه ازش پرسیدم کجاها بودی؟ شب کجا می‌خوابیدی؟ بغض می‌کرد رویش را می‌کرد آن طرف به جایی دور خیره می‌شد...

دامی‌یار گفت ببخشین مزاحم شدم. بهش خوش‌آمد گفتم، گفتم راحت باش برات رختخواب تهیه کردم. گفتم بچه‌ات به دنیا آمده گفت می‌دانم با نیکول در تماس‌ام.

من یکی دو جور غذا آماده کرده بودم. میز چیدم و شام خوردیم. منگ بودم. مسیح همان طور که غذا می‌خورد گفت : فرمولمون داشت کار می‌کرد اما باز ما رو گرفتن. اما من یه فرمول دیگه براشون دارم که نمی‌تونن ضدشو بزنن.

بعد رفت تو اتاقش اصلا نفهمید که اتاق رنگ شده. بچه‌ام ذهن‌اش خالی بود و نگاهش مات. قبل از ناپدید شـدن هم، در نگاه خالی‌اش دیده بودم که فقط عدد و فرمول می‌بیند. خسته و هلاک بودند از بی‌خوابی. هر دو خوابیدند. خواب عمیق. نشـسـتم مسیح را نگاه کردم تا سپیده زد. دور چشـم‌هاش طوق سیاه افتاده بود، بی‌پناهی و معصـومیت چهره‌اش، می‌سوزاند و خاکسترم می‌کرد...

صـبح زنگ زدم سـر کارم و مرخصـی گرفتم. مسیح صبح پاشـده بود باز داشـت فرمول می‌نوشـت گفتم بیا با هم صـبحانه بخوریم بیا با هم حرف بزنیم. گفت : صـبحونه نمی‌خورم. ناهارم درست نکن ما پیتزا می‌خوریم.

لباس‌هایشان را ریخته بودم تو ماشین لباس‌شویی. دامی‌یار منتظر بود لباس‌ها خشک شوند می‌خواست برود بیمارستان دیدن نیکول و بچه. به مسـیح گفتم بیا ما هم برویم. از این که نه نگفت، تعجب کردم.

تو ماشین که نشستیم برویم بیمارستان من باز صدای قلب خودم را می‌شـنیدم، مسیح حمام کرده و خوش‌بو کنارم نشـسـته بود. اما بچه‌ام مات و مبهوت و مثل غریبه‌ها نگاه می‌کرد...

وقتی رسیدیم بیمارستان خانم سوهی کنار تخت نیکول بود تا ما را دید خوشحال شد و به دامی‌یار خوش‌آمد گفت و مسیح را با مهربانی نگاه نگاه کرد و گفت چقدر آقاست.
نیکول اما کم محلی کرد. دلم برای دامی‌یار سوخت. نیکول از همیشه زیباتر شده بود. بعد نرس، بچه را آورد تا پدر نوزاد، بچه‌اش را ببیند.
بچه شکلاتی رنگ، کرک‌های فرفری سیاه دور سرش و یک جفت چشم رنگ دریا، رنگ چشم‌های دامی‌یار...
واکنش دامی‌یار با بچه خیلی خوب بود، سرخ شده بود مثل لبو هی می‌گفت پسرکم پسرکم و بعد از واکنش مسیح، من حیران مانده بودم. چون او هم بچه را بغل گرفت و هی ذوق کرد، لحظاتی نگاهش از رمیدگی درآمد. لحظاتی شوق زندگی در صورتش رنگ انداخت. خواستم بچه را ازش بگیرم، نداد هی پیش پیش‌اش می‌کرد، من و خانم سوهی خنده‌مان گرفت...

بعد نیکول به دامی‌یار گفت : دیگه برو چون سانکا داره می‌آد.
سانکا همان نره غول، دوست پسر نیکول بود.
ما خداحافظی کردیم. خانم سوهی در گوش دامی‌یار گفت اگر دلش می‌خواهد می‌تواند بیاید در زیرزمین خانه بماند.
دامی‌یار چشم‌هاش برق زد.

دو روز بعد قرار بود نیکول از بیمارستان مرخص شود. حالا
دعوا بود بچه را چی کار کنند. چون از قبل قرار بود که
سانکا بچه را ببرد پیش پدر و مادرش تا آن‌ها بچه را بزرگ
کنند اما وقتی دیده بود چشـــم‌های بچه آبی‌ســت، نظرش
عوض شده بود.

خانم ســوهی گریه می‌کرد می‌گفت من باید از آقای ســوهی
نگهداری کنم و دیگر توان ندارم. نیکول به مادرش گفت:
ددی را بذار هوم. خانم ســوهی گفت اول که دلم نمی‌آد دوم
پولش را نداریم.

نیکول به دامی‌یار گفته بود بچه‌ی خودت است خودت ببر
بزرگش کن. گفته بود می‌خواهد با سانکا برود مونترال برای
عکاسی و مدلی. ســینه‌هاش را ســفت و محکم بسته بود و
آمپول زده بود که شیرش خشک شود.

۱٤۱

در این میانه‌ها، من همان طور که نیلوفری نشـــســته بودم بر
آستان مشاهده، از ذهن‌ام گذشت طفلی را که هیچ خواهانی
ندارد، خواهانش شوم.

به شهاب‌سنگ زنگ زدم نظرش را پرسیدم. خیلی استقبال
کرد. گفت دولت هم کمک‌ات می‌کند تا بچه را بزرگ کنی
دیگر لازم نیست سر کار بروی. قرار شد شهاب‌سنگ برود
دنبال کارهای قانونی‌اش.

اسم بچه را گذاشتند مهدی آجانی. مهدی را آقای سوهی گفته بود البته خودش مادی تلفظ می‌کرد و آجانی هم اسم پدر خانم سوهی بود.

دامی‌یار رفت زیرزمین خانه‌ی خانم سوهی زندگی کند، شهاب‌سنگ هم برایش در کارخانه‌ی سنگ‌بری کار پیدا کرد چون دامی‌یار این کار را از نوجوانی بلد بود. ولی توانش را نداشت تمام وقت کار کند، شهاب‌سنگ ضامن شده بود که نیمه وقت نگهش دارند.

نیکول هیچ علاقه و مهری به بچه نشان نداد. شاید هم افسردگی بعد از زایمان آمده بود سراغش. همه‌ی فکر و ذکرش سانکا بود و مدل شدن و نگرانی برای هیکل‌اش. خانم سوهی و راشل، سیسمونی تهیه می‌کردند. خانم سوهی هر چی خریده بود رنگ آبی آسمانی بود. راشل اعتراض کرد و گفت دیگر آبی برای پسرها و صورتی برای دخترها نداریم. نیمی از آن‌ها را برد پس داد و رنگ‌های مختلف خرید. خانم سوهی تو لب شد.

من دو روز پشت هم رفتم کلاس آموزشی در بیمارستان که به مادران جوان، بچه‌داری می‌آموختند و ریزه‌کاری‌هایی که یادم رفته بود، همه یادم آمد.

آشپزخانه پر شده بود از شیشه‌های شیر بچه. خانه بوی شیرخشک و بوی خوش نوزاد گرفته بود. اولین بار که بچه را بغل گرفتم و شیرش دادم مهرش افتاد به دلم بعد که شیرش را قورت قورت خورد، انگشتم را در مشت کوچولوش گرفت، نوزادی مسیح برایم زنده شد...
مسیح دیگر کازینو نمی‌رفت اما به فرمول نویسی‌اش ادامه می‌داد تا روزی فرمولش آماده شود بعد برود به قول خودش شکست‌شان بدهد. ولی تو اتاقش هم بند نمی‌شد، هی می‌آمد پیش من و مهدی که همگی مثل آقای سوهی، مادی صداش می‌کردیم.

خانه‌ی ما شلوغ و پر رفت و آمد شده بود، خانم سوهی و راشل و دامی‌یار و شهاب‌سنگ، در رفت و آمد بودند.
مسیح نقل شهاب‌سنگ را از من شنیده بود که چه طور در مقابل رئیس رئوسا، ما و پناهندگان را حمایت می‌کرد اما خودش را ندیده بود. مسیح و شهاب‌سنگ هم به سرعت نور جذب فضای همدیگر شدند. شهاب‌سنگ برای مسیح، مثل رئیس قبیله بود که از تو فیلم‌ها آمده بود به خانه‌ی ما. رئیس قبیله‌ای که فرمول‌نویسی و حساب کتاب احتمالاتش را به چالش می‌کشید. گوشه‌ی میز ناهارخوری را مثل میز کازینو درست کرده بود و مثل کارمند حرفه‌ای کازینو قیافه می‌گرفت و به مسیح ورق می‌داد، گاه دعوایشان می‌شد، گاه صدای قاه قاه خنده‌شان را می‌شنیدم.

وقتی راشــــل یا دامی‌یار می‌رفتند طرف مادی تا او را بغل کنند، مسـیح می‌دوید جلو هشـدارهای لازم بهداشـتی را که من به او داده بودم تکرار می‌کرد و می‌گفت مواظب باشــند. در ضــمن برای دامی‌یار قیافه‌ی رضایت‌مندی می‌گرفت که بچه‌اش خانه‌ی ماست.

وقتی بچه آقون واقون می‌کرد، هی دولا می‌شــد تو صــورت مادی نگاه می‌کرد می‌خندید می‌گفت آخه این بچه چرا انقدر کیوته...

پایان

بیوگرافی

مرضیه ستوده داستان‌نویس و مترجم متولد ۱۳۳۶ تهران، ساکن تورنتوی کاناداست. در پی سال‌ها دو مجموعه داستان شامل بیست و هشت داستان، در ایران مجوز برای انتشار نگرفت. داستان‌هایش در نشریه‌ها و سایت‌های ادبی، مورد توجه دیگر نویسندگان و منتقدین قرار گرفت و جوایزی کسب کرد. مرضیه ستوده به مدت هشت سال در کلوپ ادبی سازمان زنان انتاریو، در بخش داستان‌نویسی به صورت داوطلب، همکاری مداوم داشته است.

ستوده در داستان‌هایش به معضلات مهاجرت، تقابل سنت و مدرنیته، تضادهای درونی و بی‌پناهی پرداخته است. شخصیت‌های داستان‌ها، پس از شکست و سرخوردگی در تلاشند به هماهنگی با زندگی و آشتی با خود برسند و در روند مکاشفه‌ای معنوی، خواننده را به مشارکت و تأمل وامی‌دارند.

انتشارات آسمانا (تورنتو) منتشر کرده است:

پژوهش‌های علمی و دانشگاهی

- حافظ و بازگویی، تالیف رضا فرخفال، ۲۰۲۴
- زنان کُرد در بطن تضاد تاریخی فمینیسم و ناسیونالیسم، تالیف شهرزاد مجاب، ۲۰۲۳
- شورش دهقانان مکریان ۱۳۳۲ ـ ۱۳۳۱: اسناد کنسولگری، مکاتبات دیپلماتیک و گزارش روزنامه‌ها، پژوهش امیر حسن‌پور، ۲۰۲۲

تصحیح انتقادی

- رستم در قرن بیست‌ودوم (تصحیح انتقادی و مصور)، تالیف عبدالحسین صنعتی‌زاده (ویرایش م. گنجوی و م.منصوری)، ۲۰۱۷

شعر

- آینه را بشکن، شعر از نانائو ساکاکی، ترجمه مهدی گنجوی، ۲۰۲۴
- عجایب یاد، شعر از امیر حکیمی، ۲۰۲۳
- کهکشان خاطره‌ای از غروب خورشید ندارد، شعر از مهدی گنجوی، ۲۰۲۳

- غریبه‌هایی که در من زندگی می‌کنند، شعر از مهدی گنجوی، ۲۰۲۱
- تبعیدی راکی، شعر از علی فتح‌اللهی، ۲۰۱۸

داستان

- انتظار خواب از یک آدم نامعقول، مجموعه داستان از مهدی گنجوی

برای ارتباط با نشر آسمانا:

Asemanabooks@gmail.com

Asemanabooks.ca

Textual Mosaic

Marzieh Sotoudeh

Asemana Books

2024

----------------------------------Asemana Books----------------------------